잔학왕과
철부지 공주의 결혼

잔학왕과 철부지 공주의 결혼

초판 1쇄 찍은 날 | 2015년 3월 1일
초판 1쇄 펴낸 날 | 2015년 3월 10일

지은이 | 모리야마 유키
그린이 | 아사히코
옮긴이 | 정우주
펴낸이 | 예경원

편집책임 | 박우진
편집 | 오아현

펴낸곳 | 예원북스
등록번호 | 제396-2012-000132호
등록일자 | 2012. 7. 25
YRN | 제5-0012호

주소 | 경기도 고양시 일산동구 무궁화로 8-28 삼성메르헨하우스 712호 (우) 410-837
전화 | 031-819-9431 팩스 | 031-817-9432
http://blog.naver.com/ainandfin
E-mail | ainandfin@naver.com

ⓒ Moriyama Yuuki / Cosmic Publishing All rights reserved.
Korean translation rights arranged by Cosmic Publishing Co., Ltd.
through NTT Solmare Corp.

ISBN 979-11-5630-591-0 03830

※ 파본은 구입하신 서점에서 교환하여 드립니다.
※ 저자와 협의하여 인지를 붙이지 않습니다.
※ 이 책은 예원북스와 Cosmic Publishing / NTT Solmare 와의 계약에 의해 출판된 것이므로 무단 전재 및 유포, 공유를 금합니다.
※ 이 도서의 국립중앙도서관 출판시도서목록(CIP)은 서지정보유통지원시스템 홈페이지 (http://seoji.nl.go.kr)와 국가자료공동목록시스템(http://www.nl.go.kr/kolisnet)에서 이용하실 수 있습니다.

※ 이 이야기는 픽션으로, 이야기에 등장하는 인물 · 단체 · 사건은 현실과는 무관합니다.

※빅토르

*로데리히

＊프랑소와즈

등장인물
소개

잔학왕과
철부지
공주의결혼

✴ 지크바르트 3세

✴ 모다브 왕국의 국왕

✴ 아델리느 포렛 르
모다브

1장

모다브 왕국의 멋진 왕국에서는 정장 차림을 한 국왕 내외를 중심으로 격렬한 논쟁을 나누고 있었다.

"아몬드가 들어간 밀크 초콜릿이 제일 맛있어요."

제일왕녀인 아델리느 포렛 르 모다브가 아몬드를 넣은 밀크 초콜릿을 집어 들자 제이왕녀인 크리스티느가 절레절레 고개를 흔들었다.

"캐러멜 크림이 들어간 밀크 초콜릿 쪽이 맛있어요."

길이가 삼십 미터 되는 테이블 위에 늘어놓은 각양각색의 초콜릿을 아델리느는 진지한 표정으로 하나씩 음미했다. 크리스티느가 말한 대로 캐러멜 크림이 들어간 밀크 초콜릿은 맛있지만 아무래도 너무 단 느낌이 들었다. 역시 노련한 초콜릿 장인이 만든 아몬드가 들어간 밀크 초콜릿이 최고였다. 아델리느의 황갈색 눈동자도 반짝반짝 빛났다.

"오렌지를 넣은 다크 초콜릿이나 라즈베리를 넣은 블랙 초콜릿도 맛있습니다. 배나 레몬을 넣은 화이트 초콜릿도 맛있어요."

왕비는 과일이 섞인 초콜릿을 선호했고 왕태자인 알베르는 알코올이 들어간 초콜릿을 추천했다.

"브랜디가 들어간 초콜릿을 잊지는 않았나?"

"초콜릿은 와플로 먹는 것이 가장 맛있도다."

국왕은 싸라기설탕을 뿌린 갓 구운 와플에 초콜릿과 가벼운 크림을 얹어서 먹는 것을 좋아했다. 재상이나 외무대신도 와플이라면 사족을 못 썼다. 이내 은 접시에 수북이 담긴 뜨거운 와플은 눈 깜짝할 사이에 사라졌다. 아델리느 역시 와플은 정말 좋아했다.

"카카오를 즐기려면 다크 초콜릿이 제격입니다만."

재무대신이 심플한 판 초콜릿을 손에 집자 신관장이 헤이즐 너츠와 바닐라 크림을 듬뿍 채워 넣은 초콜릿을 가리켰다.

"카카오만으로는 즐길 수 없소."

신관장에게 동의한다는 듯이 어의가 은으로 만든 대접에 담긴 초콜릿 파이를 권했다.

"확실히 다크 초콜릿만으로는 허전합니다. 다크 초콜릿에 작은 파이를 섞은 것이 좋소. 와삭와삭한 식감이 좋소이다."

"아니, 이런, 제롬 선생님. 초콜릿에 파이를 섞으면 초콜릿 파이가 아닙니까. 초콜릿은 초콜릿으로 먹어야 제맛이지요. 이쪽에 있는 시나몬 크림을 넣은 초콜릿을 드셔 보시지요."

초콜릿 케이크나 초콜릿 쿠키도 좋지만 모다브 초콜릿이라고 하면 타원형이나 정방형, 조개껍데기나 꽃 등, 여러 가지 모양을 본뜬 초콜릿에 다양한 크림이나 너츠를 채워 넣은 형태였다. 초콜릿의 진수라고도 불리는 모다브 초콜릿의 평판은 대륙 안에 널리 퍼져 있었다. 아델리느는 자기 나라의 초콜릿이 최고라고 자부했다.

"여러분, 이쪽에 있는 장미 크림이 섞인 초콜릿을 드셔 보시지요. 그야말로 천상의 맛입니다. 다르시 백작이 거느린 초콜릿 장인이 만든 회심의 역작입니다."

"오오, 화이트 초콜릿에 등자 크림을 넣은 것을 맛보시지오. 올해 유행이 될지도 모릅니다."

이웃 나라에서는 음산한 전쟁이 일어났시만 모다브 왕국의 왕궁 안에서는 초콜릿 토론이 뜨거웠다.

아델리느는 국왕이나 대신들 사이에 섞여서 나날이 맛있는 초콜릿 연구에 여념이 없었다.

"무화과를 넣은 초콜릿도 피스타치오를 넣은 초콜릿도 맛있어요. ……아, 민트 초콜릿도 맛있네요. 민트 초콜릿이 제일일지도……. 우우, 정말, 이것저것 다 맛있어요."

아몬드를 넣은 밀크 초콜릿을 추천했던 아델리느의 결심이 흔들릴 뻔했다. 어쨌든 눈앞에 죽 늘어놓은 초콜릿은 우열을 가리기 힘들 정도로 맛있었다.

"우리 모다브의 초콜릿은 세계 제일이로다."

국왕이 선언한 대로 모다브 왕국의 특산품은 특색이 있는 초콜릿이었다. 수많은 초콜릿 장인이 실력을 경쟁하고 왕도에는 초콜릿 전문점이 많이 늘어서 있어 각 나라에서 상인이 오갔다. 다른 나라에도 초콜릿 장인은 있지만 왕후장상을 감동시키는 모다브 왕국의 초콜릿 제품에는 크게 못 미쳤다. 바로 얼마 전 북쪽에 있는 대국의 부유한 상인은 모다브 왕가에 납품하는 초콜릿 전문점에서 배 다섯 척 분량의 초콜릿을 주문했다고 한다.

모다브 왕국에서 초콜릿은 금화를 벌어들이는 필요불가결한 특산품이었다. 초콜릿 산업에 종사하는 국민도 많아서 그에 걸맞은 풍요로운 생활을 누렸다.

"아바마마, 와플은요?"

초콜릿에 견줄 만큼 와플도 모다브 왕국의 명물이었다. 왕도를 한 걸음 걸으면 초콜릿과 마찬가지로 많은 가게들이 늘어서서 와플을 팔았다. 각 가정에서도 빈번히 구워서 먹기에 국민 음식으로서 모다브의 식문화에 스며들어 있었다.

"우리 모다브의 와플은 세계 제일이로다."

국왕이 자랑스럽게 가슴을 펴자 측근들도 동의하는 양 맞장구를 쳤다. 다른 나라의 와플은 먹을 것이 못 된다고.

외국인이 일단 모다브 왕국에 와서 놀라는 점은 다양한 과자의 종류와 맛이라고 한다.

덧붙여 모다브 왕국의 과자 장인은 애국심이 강해서 아무리 권유해도 다른 나라로 이주하지 않았다. 과자 장인에게 살기 좋은 땅이기도 했기 때문이었다.

"모다브에는 세계 제일이 두 가지나 있군요."

모다브 왕국의 초콜릿과 와플이 얼마나 굉장한지 아델리느는 일일이 설명하지 않아도 알았다. 아델리느는 매일 매 끼니가 초콜릿과 와플이어도 상관없었다. 하지만 교육 담당에게 주의를 받기 때문에 야채 요리와 고기 요리도 먹었다. 물론 여동생 역시 그랬다.

"아델리느, 모다브의 제일왕녀이면서 다이아몬드를 잊은 게냐?"

국왕의 쓴웃음 섞인 지적에 아델리느는 눈을 휘둥그레 떴다.

"……아? 다이아몬드도 세계 제일이지요?"

모다브 왕국의 한쪽 구석에서 다이아몬드 광산이 발견되

고 연마 기술이 발명된 이래로 다이아몬드는 그 가치를 인정받게 되었다. 모다브 왕국의 국고를 윤택하게 만드는 것은 초콜릿이 아니라 막대한 부를 낳는 다이아몬드 산업이었다.

"그렇다, 우리 모다브의 다이아몬드는 세계 제일이로다."

모다브 왕가는 다이아몬드 산업을 한 손에 거머쥐고 막대한 부를 얻었다. 각 나라에서 모다브는 다이아몬드로 번영한 나라로 일컬어졌다.

국왕은 정부를 거느리지도 않을뿐더러 도가 지나친 낭비도 하지 않고서 다이아몬드로 윤택해진 재정을 가난한 민중에게 아낌없이 나누어 주어, 모다브는 지금 현재 대륙에서 가장 빈민이 없는 나라로도 인정받았다. 빈곤함에 고통받는 가까운 이웃 여러 나라의 서민에게 모다브 왕국은 동경하는 나라였다. 이는 말할 것도 없이 아델리느의 아버지가 명군이라고 칭송받는 이유이기도 했다.

"다이아몬드는 먹어도 맛이 없어요."

아델리느는 작년 생일 축하 선물로 국왕에게서 받은 다이아몬드 목걸이를 만졌다. 눈부신 빛이 흘러넘치지만 달콤하지도 않거니와 부드럽지도 않았다. 무엇보다 딱딱해서 씹을 수 없었다.

"아델리느, 다이아몬드는 먹어서는 안 되느니라."

국왕이 즐겁게 웃자 측근들은 따라서 미소 지었다. '아직 어리시군요' 하고 재상은 흐뭇하다는 듯이 눈을 가늘게 떴다.

"응, 차라리 레이스 쪽이 먹을 수 있을 것 같아요. 초콜릿을 입히면 초콜릿 맛이 나는 레이스가 될까요."

아델리느가 몸에 걸친 복숭앗빛 드레스에는 모다브산 정교한 레이스가 풍성하게 곁들여져 있다. 예쁘다고 칭찬받는 황갈색 부드러운 머리카락에도 모다브산 레이스를 장식하는 것은 왕녀의 관행이었다.

식기나 쿠션, 커튼 등, 왕궁 안에서도 대체로 모다브산 레이스를 호화롭게 썼다.

"아델리느, 우리 모다브의 레이스는 세계 제일이니라. ……그렇지만 먹어서는 아니 된다."

다이아몬드 광산이 발견될 때까지 모다브 왕국을 지탱하던 산업은 레이스였다. 레이스 장인뿐만 아니라 가정주부까지 필사적으로 예술품 같은 레이스를 떴다.

아델리느 역시 교육 담당으로부터 모다브 특유의 레이스 뜨기를 전수받았다. 하지만 손재주보다 끈기가 필요한 일이라 아델리느는 그다지 잘하지 못했다. 교육 담당처럼 천개(天蓋)가 달린 침대를 덮는 레이스를 만들어낼 자신은 없었다.

"초콜릿에 와플에 다이아몬드에 레이스, 모다브 왕국에

는 세계에서 제일가는 것이 이렇게나 많은데 어째서 다른 나라의 눈치를 보아야 하죠? 볼프스베데 황국에 세계에서 제일 멋진 것은 없잖아요?"

날마다 모다브 왕궁에서는 초콜릿이나 와플에 대해서 즐겁게 이야기 나누지만, 이웃 나라인 볼프스베데 황국이 화제에 오른 순간 그 자리가 시릴 정도로 얼어붙었다. 늠름한 장군들이나 온화한 재상, 성실한 재무대신이나 쾌활한 외무대신, 누구나 볼프스베데 황국을 두려워한다는 사실은 아델리느라도 알 수 있었다. 볼프스베데 황국의 젊은 황제는 '잔학왕'이라는 별명을 가진 악인이었다.

아델리느의 폭탄 발언에 국왕의 측근들은 할 말을 잃었다.

"……오오, 볼프스베데 황국……. 그 나라가……."

멋들어지게 차려입은 귀공자들은 미의 여신을 본뜬 초콜릿 앞에서 얼어붙고 꽃 같은 숙녀들은 부들부들 떨기 시작했다.

"야만스러운 나라가 옆에 있다는 현실이 우리 모다브 왕국의 가장 큰 불행이에요."

"볼프스베데 황국은 선대인 지크바르트 2세까지는 신중한 나라였습니다. 혼란스러워진 때는 지크바르트 3세의 치세가 되고 나서부터입니다."

"어째서 그처럼 잔학한 황제의 치세가 이어지는 걸까요.

잔학왕이 몇 개의 왕가를 멸망시켰는지……."

"아아, 무서운 잔학왕……. 머지않아 천벌을 받겠지요."

누구나 볼프스베데 황국에 대한 공포와 혐오를 숨기지 않았다. 특히 볼프스베데 황국의 젊은 황제에 대한 두려움은 대단했다.

왕비와 알베르는 침통한 표정으로 국왕에게 시선을 보냈다.

"아델리느, 어린아이라고 생각했지만 이제 어른이로구나. 깨달았느냐? 우리 모다브의 나약함을……."

국왕은 커다란 한숨을 쉬면서 샴페인 크림이 든 초콜릿을 집어 들었다. 초콜릿을 위해서라면 시간을 아끼지 않는 군주였다.

물론 아델리느도 조개 모양 초콜릿을 고르면서 국왕에게 말을 건넸다.

"볼프스베데 황국이라고 하면 감자뿐이지요? 아침도 점심도 저녁도 감자뿐이라고 들었어요."

볼프스베데 황국이라고 하면 감자의 대명사였다. 재상도 그렇고 재무대신도 그렇고 외무대신도 그렇고 근위병도 그렇고 해군병도 그렇고 유모의 남편도 그렇고 신관장도 그렇고, 볼프스베데 황국에 간 적 있는 사람은 입을 모아 말했던 것이다. 감자뿐이라고.

모다브 왕국에서도 감자는 감자튀김으로 곧잘 먹지만,

볼프스베데 황국과는 여러모로 다른 모양이었다.

"아아, 아델리느, 네 천진함은 사랑스럽구나."

국왕과 마찬가지로 측근들도 입가를 헤벌쭉하게 풀었지만 왕비와 알베르는 어깨를 으쓱였다.

주변에 있던 귀족들의 긴박감이 풀려서 즐겁게 왕궁 전속 과자 장인이 만든 신작 초콜릿을 집어 들기 시작했다.

"볼프스베데 황국은 초콜릿은커녕 와플도 케이크도 쿠키도 도넛도 캐러멜도 빵도 없다고 들었어요. 크레이프도 치커리 그라탱도 없겠죠."

아델리느는 볼프스베데 황국에 관해서 아는 모든 지식을 입에 올렸다. 미식의 나라 왕녀다운 지식을 가지고 있지만 아무리 생각해도 너무 한쪽으로 치우쳤다. 교육 담당은 초콜릿으로 만든 체스 말 앞에서 커다란 한숨을 쉬었다.

"빵은 있지만 감자 쪽이 많겠지. 볼프스베데 황국의 주식이다."

볼프스베데 황국은 우리나라와는 다르다며 국왕은 혼잣말처럼 대국으로서 존재감을 뽐는 볼프스베데 황국에 대해서 말을 이었다. 모다브 왕국과는 국가의 성립도 역사도 전혀 달랐다. 먼 옛날부터 볼프스베데 황국은 파란만장한 기사의 나라였다.

"감자의 나라를 어째서 그렇게 두려워하는 거죠? 아바마마 쪽이 볼프스베데 황국의 황제보다도 훌륭하세요. 재상도 대신도 모다브 왕국 쪽이 뛰어나요."

볼프스베데 황국의 젊은 황제는 폭군으로 꺼려지지만, 아델리느의 아버지는 명군으로서 국민에게 존경받았다. 지난달에 열렸던 국왕의 생일에는 국민들에게 열광적인 축복을 받았던 것이었다. 귀족들은 진심으로 국왕에게 충성을 맹세하고 나라 안은 평화롭고 안정되었다. 아델리느가 아는 한 모다브 왕국 내에서 모반이 일어난 적은 한 번도 없었다. 자국도 국민도 아델리느의 자랑이었다.

그 반면, 볼프스베데 황국 내에서는 모반이 드물지 않은데다 빈부의 차도 심해서 작년 대한파 때는 굶어 죽는 사람이 많이 나왔다.

"아델리느, 네가 말한 대로 우리나라의 재상과 대신은 우수하다. 병사는 듬직하고 애국심이 뜨겁지. 짐은 최고의 신하를 얻었도다."

국왕이 왕족의 품격을 풍기며 신하를 치하하자 측근들은 궁정식 예의를 취했다. 근위병들은 세련된 동작으로 절을 했다.

국왕은 한 호흡 쉬고 나서 차분한 어조로 말했다.

"……하지만 볼프스베데 황국의 황제군이 너무 강하다. 눈앞에 둔 문제는 이뿐이로다."

황제인 지크바르트는 전술에 뛰어나서 아무리 불리한 전황이라도 이겨왔다. 지금 와서는 볼프스베데 황국군의 군기를 본 순간, 많은 병사들이 전의를 잃고 도망칠 정도라고 했다.

"볼프스베데 황국의 황제군? 잔학왕 직속의 비열한 군대? 그런 더러운 군대에 지지 마세요."

"지크바르트 3세는 전략에서는 천재다. 그 재능은 인정할 수밖에 없지."

긴 역사를 새겨온 나라들이 순식간에 볼프스베데 황국에 의해 멸망해 대륙의 지도가 크게 바뀌었다. 아델리느의 옛 시녀가 시집간 곳이나 음악 교사의 모국도 지크바르트에게 멸망하여 볼프스베데 황국으로 편입되었다. 왕비의 여동생이 시집간 왕국도, 알베르가 비를 맞이할 예정이었던 왕국도, 지금 와서는 볼프스베데 황국의 깃발이 나부끼고 있었다.

"모다브 왕국의 군도 강해요."

절대로 지지 말라며 아델리느는 올곧은 눈으로 늠름한 근위 연대장에게 말을 걸었다.

말할 것도 없이 근위대 병사들은 아델리느에게 최고의 예의를 표했다. 근위대에게 아델리느는 목숨을 걸어서라도 지켜야만 하는 모다브 왕국의 비보였다.

어머니에게 물려받은 황갈색 눈동자와 머리카락, 오똑한 콧날에 작은 입술, 투명하게 비칠 것만 같은 하얀 살결, 호리호리한 허리, 아델리느는 모다브 왕국의 전형적인 미인 중 한 사람이었다.

오빠인 알베르도 황갈색 머리카락과 눈동자를 가진, 모다브 왕국 전형의 세련된 미남자로 칭송받았다.

인종적인 특성인지 풍족하고 여유가 있어서인지, 모다브 왕국의 남녀는 온화한 용모를 한 사람이 많았다. 왕궁을 경비하는 근위병도 하나같이 미청년뿐이었다.

"짐도 명예로운 모다브 왕국군을 믿는다. 지크바르트가 공격해 와도 우리 모다브 왕국군은 뒤지지 않을 게야."

국왕이 위엄 가득하게 말하자 알베르가 혼잣말처럼 툭 흘렸다. '평화병'이라고.

알베르는 평화에 젖어버린 모다브 왕국을 걱정했지만 아델리느는 가볍게 흘려 넘겼다.

"그래요, 그러니까 그렇게 겁먹지 말아요."

"아델리느, 너는 조금 입이 험하구나. 짐도 모다브의 병사도 겁먹지 않았도다."

국왕의 검은 머리카락에 흰 머리카락이 눈에 띄기 시작했지만, 왕족으로서의 품격이나 패기는 손색이 없었다. 다만 요 근래 어딘가 딱 짚어 말할 수는 없지만, 아델리느는 미묘한 이변을 느꼈다.

"그럼, 어째서 볼프스베데 황국과 잔학왕의 이름이 나오면 다들 안색이 변하는 거죠? 맛있는 초콜릿이 맛없어질 것 같은 얼굴이에요. 정말, 쩡쩡거린다고요."

"쩽쩽거린다고?"

"그래요, 쩽쩽……. 아바마마? 왜 그러세요? 잔학왕의 이야기를 하는 장군보다 괴로워 보이는 표정이세요."

아델리느의 눈앞에 있는 국왕의 안색에서 순식간에 핏기가 가셨다. 손에 들고 있던 와인 크림이 들어간 초콜릿이 떨어졌다.

"……오늘 밤 디너는……. 전채는 백포도주로 찐 진주담치와 닭 간으로 만든 케이크……. 생선 요리는 오제이유를 곁들인 연어 포와레, 고기 요리는 양고기 포피에트, 디저트는 다크 초콜릿과 스위트 초콜릿과 피스타치오와 코코넛과 크림을 얹은 뜨거운 와플……."

국왕은 초점이 잡히지 않는 눈으로 차분하게 말했지만 혀가 잘 돌아가지 않아 매우 어색했다. 당장에라도 의자에서 미끄러져 내릴 것만 같았다. 아델리느는 이런 국왕의 모습을 지금껏 한 번도 본 적이 없었다.

"아바마마? 오늘 밤 디너에 나오는 디저트는 초콜릿 소스를 뿌린 스파이스 쿠키 케이크, 다크 체리와 크럼블 타르트인데요?"

아넬리느가 오늘 밤 디저트를 말하자 재상이 기묘한 표정으로 뒤이어 말했다.

"국왕 폐하? 어찌 되신 겁니까? 전채는 진주 닭치 파르시와 아티초크 샐러드입니다."

재상에 이어서 외무대신이 크림치즈가 들어간 초콜릿을 손에 들고 예정된 오늘 밤 생선 요리를 입에 담았다.

"국왕 폐하? 생선 요리는 크림소스를 곁들인 장어입니다."

"국왕 폐하? 고기 요리는 오리 다리 살과 버섯 파이입니다. 소스는 적포도주 소스입니다. 백포도주 소스도 준비하는 모양입니다만."

측근들이 오늘 밤 메뉴를 끝까지 다 말했을 때 이미 국왕의 의식은 없었다. 국왕이 주르륵 의자에서 떨어지려는 참에 아슬아슬하게 아델리느가 떠받쳤다. 애당초 국왕의 몸은 무거워서 혼자서는 지탱할 수 없었다. 그래도 아델리느는 가진 근성을 쥐어짜 내 가장 사랑하는 아버지의 몸을 받아 들었다.

"아바마마? 정신 차리세요."

아델리느가 아무리 흔들어 보아도 국왕의 눈은 감긴 채였다. 왕비와 크리스티느는 경악했는지 혼이 없는 인형처럼 멀거니 서 있었다. 측근들도 뻣뻣하게 굳었다.

이래서야 해결이 나지 않겠다고 말하고 싶은 듯이 알베르가 소리를 질렀다.

"의사를 불러라. 아바마마께서 이상하시다."

"의사라면 여기에 있습니다."

왕궁 전속 의사인 제롬이 초콜릿의 폭포 뒤에서 불쑥 얼굴을 내밀고는 축 늘어진 국왕에게 다가갔다.

"전하, 초콜릿을 조금 많이 드셨습니까?"

제롬의 진찰에 아델리느는 얼떨떨한 표정으로 말을 꺼냈다.

"너무 드셨어요? 아바마마께서는 초콜릿을 너무 많이 드셨나요? 이 정도 가지고 너무 많이 먹었다고는 말하지 않겠지요?"

"아델리느님, 애초에 기준이 어긋나 있습니다. 전하뿐만이 아니라 아델리느님도 저희도 초콜릿을 너무 섭취했습니다."

이 일이 평화에 익숙해진 모다브 왕국에 파란의 막을 열게 될 줄은 아무도 예측하지 못했다. 말할 것도 없이 아델리느 또한.

2장

　단순한 초콜릿 과잉 섭취에 따른 소화 불량이라고 왕궁 전속 의사는 진찰했지만 국왕의 용태는 전혀 나아지지 않았다. 당연하게 국왕으로서의 업무도 처리하지 못하게 되어 왕태자가 국왕 대리로서 나라의 정점에 서게 되었다.

　왕비는 국왕의 병간호에서 한시도 떠나지 않았고, 아델리느는 크리스티느와 함께 교회에서 기도할 뿐이었다. 그러나 곧 모다브 왕국의 제일왕녀인 아델리느는 왕비의 대리로서 외교의 장에 끌려 나오게 되었다.

　장엄한 알현장에는 무어라 형용할 수 없는 심각한 긴장감이 감돌았다.

"먼 길 오느라 수고 많으셨소."

알베르가 동쪽 나라에서 찾아온 대상인을 치하한 후, 아델리느는 방긋 미소를 지었다. 비싼 모다브 다이아몬드를 좋은 가격에 사들였던 거상이라 모다브 왕가로서도 무시할 수 없는 존재였다. 신분이 낮은 상인이라고 가볍게 대해서는 안 되었다.

"아델리느님, 소문 이상으로 아름다우십니다. 모처럼 사들인 모다브 다이아몬드가 아델리느님의 앞에서는 흐릿해 보이는군요."

동쪽 나라의 거상은 아름답게 꾸민 아델리느를 매우 칭찬했다.

풍성한 긴 머리카락을 모다브 레이스로 느슨하게 묶어 올리고 모다브 다이아몬드를 박아 넣은 붉은색 드레스를 입은 아델리느의 모습에는 알현장에 대기한 귀족들 사이에서도 감탄의 목소리가 흘러나왔다.

"고마워요."

왕비 대리로 나온 아델리느는 모다브 왕국의 제일 높은 여성으로서 있으면 된다, 그저 서 있기만 해도 된다고 말했지만 벌써 아델리느는 지쳐 버렸다. 오전의 알현이 끝난 후, 아델리느는 양고기구이가 메인인 점심 식사를 넙죽 비웠지만, 아무래도 자리에서 일어나고 싶지 않았다.

교육 담당인 프랑소와즈에게 끌려가는 모양새로 아델리

느는 제2알현장에 향했다, 앞뒤에는 근위대가 달라붙어 있어서 아델리느는 뛰어서 도망갈 수도 없었다.

"어째서 내가? 이제 내가 없어도 되잖아. 더 이상 심술궂어 보이는 사람에게 빙글거리기는 싫어."

초콜릿 토론이나 와플에 대한 논의를 꽃 피우는 살롱은 좋아했지만, 여러 외국의 대사나 특사, 약삭빠른 상인 등을 상대하는 것은 곤욕이었다. 애당초 지금까지 한 번도 해본 적이 없었다.

"아델리느님께서는 그저 미소 지으시기만 하면 됩니다. 왕비님께서 물려주신 미모이니 자신을 가지세요."

프랑소와즈는 눈을 치켜뜨고 아델리느의 손을 잡아끌었다. 앞쪽에서는 왕태자의 시종장인 세브란이 비통한 표정을 떠올렸다.

"외국의 높으신 분은 항상 어마마마께서 만나셨잖아?"

"왕비님께서 국왕님의 수발을 들고 싶다고 청하셨습니다. 국왕님께서도 왕비님을 진심으로 사랑하십니다. 머지않아 왕비님의 깊은 사랑으로 기운을 차리시겠지요…….
아니, 국왕님께서는 반드시 건강해지실 겁니다."

정략결혼이었지만 국왕 내외는 금슬이 좋아서 부부 싸움 역시 한 번도 한 적이 없었다. 사랑하는 남편이 쓰러졌다면 아내가 할 일은 뻔했다.

"아바마마의 간병이라면 내가 하겠어."

어린 시절, 여동생인 크리스티느는 곧잘 열이 나서 몸져 누웠다. 공무가 바쁜 어머니 대신 아델리느가 침대에 있는 크리스티느의 손을 잡아주곤 했다.

"단순한 감기가 아닙니다. 크리스티느님께서 몸져누우 셨을 때와는 이야기가 다르지요. 만약을 위해 말씀드리겠 습니다만, 당분간 국왕 폐하께서는 초콜릿과 와플을 드실 수 없습니다."

"푸딩이나 빙과라면 괜찮아?"

"제롬 선생님께서 말씀하셨습니다만, 국왕 폐하께서는 너무 살이 찌셨습니다. 살을 빼야만 한다고 하셨습니다. 왕 비님께서도 같은 의견이십니다."

게다가 왕비는 사랑하는 남편을 위해 왕비 자신도 초콜 릿을 끊는다고 선언해 측근들을 경악시켰다. 모다브 왕국 사람에게 초콜릿은 목숨이었다. 아무리 몸 상태가 나빠도 초콜릿을 뗄 수는 없었다. 국왕이나 아델리느 역시 그랬다.

"아바마마, 그렇게 안 좋으신 거야? 역시 나도 어마마마 와 함께 아바마마의 간병을 할래."

설령 국왕이 고열로 몸져누웠더라도 초콜릿은 손에서 놓 을 수 없었다.

"아델리느님, 끈질기시네요. 왕태자 전하의 마음도 헤아 려 주십시오."

프랑소와즈가 어금니를 드러낸 후, 왕태자의 시종장인

세브란이 조심스럽게 끼어들었다.

"아버님을 생각하시는 아델리느님이시니 걱정되시겠지요. 그렇지만 지금은 오라버님이신 알베르님을 지탱해 주십시오."

알베르는 어린 시절부터 총명해서 아버지 이상의 명군이 되리라고 기대를 받았다. 대륙 제일의 수재에 견줄 데 없는 우아한 귀공자라고도 드높게 칭송받았다. 아델리느에게도 알베르는 자랑스러운 오빠였다.

"……우, 오라버니……. 오라버니는 훌륭하시니까……."

아델리느는 오빠가 여덟 살에 독파했다는 어려운 철학서를 아직도 이해할 수 없었다. 예전부터 공부와는 담을 쌓아서 엄선해 뽑은 교육관들을 곤혹스럽게 만들고 있었다. 귀여우니 되었다, 밝으니 되었다. 솔직하니 되었다, 건강하니 되었다, 그렇게 말하며 너그럽게 지켜봐준 사람은 국왕 내외였다.

지극히 당연한 일이지만 다른 왕가의 공주였다면 이렇지는 않았다. 삼대 전 모다브 왕가의 교육은 엄격했다고 한다.

"예, 아델리느님의 오라버님께서는 훌륭하십니다. 다만 외로운 분이십니다."

알베르는 스물네 살이 되었지만 아직 독신인 데다 애첩도 없었다. 확인할 필요도 없이 적자는커녕 서자도 없었다.

십대에 결혼하는 것이 관습인 왕족으로서는 이례 중의 이례였다.

"하루라도 빨리 아내를 맞이하셔야 할 텐데."

알베르에게는 나라 안의 영애뿐만이 아니라 각 나라에서 끊임없이 혼담이 들어왔다. 국왕 내외도 기를 쓰며 결혼을 권했지만, 알베르는 계속해서 완고하게 거절했다. 섣부르게 굴면 출가할지도 모르는 상황이라 억지로 강요할 수 없는 것이었다. 또한 측근들 중에서도 강하게 주장할 수 있는 사람이 없었다.

"알베르 전하께서 혼담을 거절하시는 이유를 알고 계시지요? 에드위나님을 아직 사랑하시는 거죠."

알베르는 태어나면서부터 정해졌던 약혼자인 슈베르니 왕국의 제이왕녀 에드위나를 깊이 사랑했다. 결혼식을 바로 한 달 앞두었을 때, 슈베르니 왕국은 갑작스럽게 볼프스베데 황국에 침공 당했던 것이었다. 에드위나는 불바다로 변한 왕궁에서 짧은 생애를 마쳤다.

슈베르니 왕국에서 원군을 요청했지만 평화에 흠뻑 젖은 모다브 왕국은 좀처럼 나서지 못하고 회의를 거듭하는 사이 모든 것이 끝났다. 그때도 분하다는 듯이 '평화병'이라는 말을 내뱉은 사람은 왕태자 알베르였다.

"……우우. ……오라버니도 에드위나님두 불쌍해…….
그렇지만 오라버니께서 독신이신 것은 더 이상 용납되지

않아. 어서 결혼시켜 버리도록 하자."

아무리 귀공자라도 그 같은 연령이 되면 반려를 맞이하므로 어디를 가든지 두 사람 단위가 된다. 그런데도 알베르는 시간이 지나도 외톨이였다. 여동생의 눈으로 보아도 오빠가 안쓰러워서 견딜 수 없었다.

"아델리느님, 저도 알베르 전하께서 결혼하셨으면 합니다. 알현 동안에는 수많은 혼담이 들어옵니다. 알베르 전하께 혼담이 들어오면 아델리느님께서 정리해 주십시오."

세브란이 간절히 말하자 아델리느는 눈이 휘둥그레졌다.

"그렇죠? 알현은 중요한 자리이기도 하죠? 오라버니께 어울리는 여성이 있을지도 모르지요? 여성의 그림도 들어왔겠죠?"

각 나라의 왕족과 귀족은 자신의 딸의 모습을 초상화로 그려서 이곳저곳의 왕궁에 보낸다. 모다브 왕궁에도 셀 수 없을 만큼의 초상화가 알현장으로 들어왔지만, 아직 벽에 걸린 채로 정작 알베르는 눈길도 주지 않았다.

"에드위나님께서는 아름다울 뿐만 아니라 다정한 분이셨습니다. 노래도 잘 부르셨고 춤도 가볍게……."

당시 슈베르니 왕국의 왕녀라고 하면 재색겸비의 대명사였다.

"나, 노래도 춤도 못 해."

아델리느에 대해서는 '음감이나 리듬감이 없는 것은 아닐까' 하고 그럴싸한 소문이 돌고 있었다.

"알고 있습니다……. 아니요, 아델리느님께서는 그러셔도 괜찮습니다. 문제는 알베르 전하이십니다. 어느새인가 스물넷이 되셨습니다. 국왕 폐하의 스물넷 시절로 말할 것 같으면 이미 벌써 세 아이를 얻으셨을 때입니다."

이런저런 사정에 따라 모다브 왕국의 국왕과 왕비는 나란히 열세 살이라는 어린 나이로 결혼했다. 조금 이를지도 모르지만 왕족이나 귀족에게는 드문 이야기는 아니었다.

"오라버니의 결혼은 서두르지 않으면."

알베르의 연령을 새삼스럽게 통감하자 아델리느는 초조함에 빠지고 말았다. 평소 왕비나 유모가 푸념을 흘리던 이유를 간신히 깨달았다.

"아델리느님, 잘 부탁드립니다."

알베르에게 목숨을 바친 세브란에게는 범상치 않은 기백이 있었다.

"맡겨둬요."

아델리느는 사명감에 불타며 제2알현장으로 향했다. 알베르의 결혼은 국왕 내외의 오랜 절실한 바람이었다.

이럴 리가 없는데 어째서 이렇게 되는 것일까 싶어 아델리느는 알베르의 곁에서 뻣뻣한 미소를 띠었다. 어째서인지 오후의 알현 상대는 아델리느의 혼담을 들고 오는 사람뿐이었다.

"알베르 전하, 부디 아름다운 여동생 분을 저희 주군께 주시겠습니까?"

북쪽의 대국에서 온 특사는 집요하게 물고 늘어졌지만, 알베르는 품위 있는 미소로 깨끗이 회피했다.

"아바마마께서 총애하시어 놓으려 드시질 않습니다."

"미의 여신보다 아름다운 여동생 분을 주신다면, 제 주군도 우리나라도 모다브 왕국의 영원한 기사가 되실 겁니다."

볼프스베데 황국의 대두를 우려하고 있는 것인지 북쪽의 대국은 모다브 왕국과 동맹을 맺고 싶은 모양이었다.

'내가 아니라 오라버니의 결혼이요, 오라버니의 결혼 상대를 찾고 있다고요' 하고 아델리느는 입을 열 뻔했지만 알베르에게 살며시 제지당했다.

"내 여동생의 혼담은 내 뜻 하나로 결정할 수 없소. 아바마마의 회복을 기다린 후 대신들과 상담해야만 합니다. 그때까지 기다리십시오."

"좋은 대답을 기다리겠습니다."

북쪽의 대국에서 온 특사는 아쉬운 듯이 물러갔지만 아델리느의 얼굴은 실룩거리는 채였다.

"오라버니, 어째서 제 혼담 따위가 올라오는 거예요."

아델리느가 번뜩 적의를 드러내자 알베르는 우아한 동작으로 눈을 가늘게 떴다.

"슬슬 시집을 가야지."

알베르는 자신의 문제는 대놓고 뒤로 제쳐 두고는 여동생이 시집갈 곳을 진지하게 고민하기 시작한 모양이었다.

"저보다는 오라버니의 결혼이 먼저지요."

"내 아내는 에드위나뿐이야."

알베르가 애수를 띠자 아델리느는 말문이 막혀 버렸다. 무엇보다 황갈색 눈동자를 지닌 남매에게 느긋하게 대화를 나눌 시간은 없었다.

다음에 알현할 상대는 해적 신사라는 별명을 가진 웨이스데일 제국의 대사였다. 알이 커다란 에메랄드 목걸이와 브로치, 순금으로 만든 여신상, 루비를 박아 넣은 순금의 화장대, 웨이스데일 왕가에 납품하는 홍차에 자기 세트, 여느 때와 달리 증답품이 많은 데다 여성적이었다. 아니나 다를까 웨이스데일 제국의 대사가 온 목적은 국왕의 병문안이 아니라 독신인 아델리느였다.

"우리나라의 황태자께서는 열여덟에 슈베르니 왕국의 제삼왕녀와 약혼하셨지만 안타까운 결말을 맞이하고 말았습니다. 우리나라의 황태자께서는 알베르 전하의 마음을 누구보다도 잘 이해하시겠지요."

"웨이스데일 제국의 황태자는 본래대로라면 내 처제의

남편이 될 분이셨습니다. 에드위나가 웨이스데일 황국의 황태자를 칭찬했던 기억이 있습니다."

"황태자께서도 미래의 처형 부부를 존경하셨습니다."

웨이스데일 황국의 대사는 한 호흡 쉬고 나서 본론으로 거침없이 파고들었다.

"우리 황태자께서는 알베르 전하의 매제가 되고 싶다고 간절히 바라십니다. 아름다운 여동생 분을 주시지 않겠습니까?"

모다브 왕국의 비보를 누구보다도 소중히 여기겠다고 웨이스데일 제국의 대사는 자신에 차서 단언했다.

아델리느가 미래의 황후가 될 결혼이기에 새로운 동맹이 맺어지게 되므로 모다브 왕국으로서도 나쁜 이야기는 아니었다. 정확하게 말하자면 국력이 강한 웨이스데일 제국과의 대등한 동맹은 마음이 굴뚝같을 정도로 바라는 바였다.

'어째서 나인 거예요. 그쪽의 공주를 오라버니의 신부로 주세요. 웨이스데일은 공주가 없는 건가요' 하고 아델리느는 끼어들려고 했지만 알베르에게 우아한 태도로 가로막히고 말았다.

"실은 아델리느에게는 수많은 혼담이 들어오고 있어서 제 뜻 하나만으로는 정할 수 없습니다."

외무대신이나 측근들은 흥미를 보였지만 총명한 알베르는 신중했다. 웨이스데일 제국은 절대군주제였지만 궁정

안의 권력투쟁은 매우 치열했다. 추악한 투쟁 속에 순진한 여동생을 차마 시집보낼 수는 없었으리라.

아델리느 역시 웨이스데일 궁전의 무서운 내막은 넌지시 들어서 알고 있었다. 분명히 웨이스데일 제국의 황태자에게는 이미 애첩이 세 명 있는 데다가 서자도 다섯 명이나 낳았을 터였다.

"알베르 전하, 본래대로라면 저희 황태자의 손윗동서 되실 분이셨으니 이해하실 거라 생각합니다만 볼프스베데 황국에 대해서 어찌 대처할 셈이십니까?"

웨이스데일 제국은 거대한 군사력을 자랑하는 나라이지만 볼프스베데 황국의 기세에는 위기감을 품은 모양이었다. 웨이스데일 제국에 비하면 이웃 나라인 모다브 왕국 쪽이 몇 배나 위험하지만 오랜 평화로 위기감이 마비되어서 이렇다 할 대책은 전혀 세우지 않았다. 결론 나지 않는 정치라고 모다브 왕국의 회의는 야유받고 있었다.

"나는 부왕의 뜻을 따를 뿐입니다."

알베르는 우아한 미소를 흘렸지만 그는 분명 모다브 왕국 안에서 여러 외국의 정세를 가장 잘 파악하고 있는 인물이리라. 때문에 설제 없이 초콜릿을 집어 들면서 이야기를 나누는 회의에 몹시 질려 있는 듯 했다. 그런 알베르로부터 몇 번이나 고충을 들은 적이 있지만, 아델리느는 맛있는 와플의 탑을 가리키며 위로할 수밖에 없었다.

"국왕 폐하께서는 병으로 몸져누우셨다고 들었습니다. 병문안을 드리고 싶지만 병문안을 드릴 시간이 없습니다. 모다브 왕국으로 향하는 지크바르트의 군세가 출진했단 말입니다."

'볼프스베데 황국에 숨어든 자에게서 온 보고입니다' 라고 웨이스데일의 대사는 나직한 목소리로 말을 이었다.

"……진실인가?"

알베르는 경악으로 황갈색 눈동자를 흔들고 아델리느는 계속해서 눈을 깜빡거렸다. 곁에서 대기하던 외무대신과 측근들은 낮은 비명을 질렀다.

오래전부터 예상은 했던 모양이었다.

"지크바르트 황제의 사자에게서 무역 조약 신청이 있었던 모양이지요? 몇 년이나 전부터?"

볼프스베데 황국에 없는 물품이 모다브 왕국에는 잔뜩 있지만 두 나라 사이에는 정식으로 무역 조약이 맺어지지 않았다. 문화나 예술이라는 분야와 인연이 없는 기사의 나라인 탓인지, 볼프스베데 황국은 우아한 궁정 문화를 자랑하는 모다브 왕가에는 예의를 다 차리려고 했다. 아니, 지크바르트가 하는 일이니 무역 조약이라고 눈속임하고는 쳐들어올 셈이었는지도 몰랐다. 잔학왕의 앞에서는 무역 조약도 동맹도 무의미하다고 알려져 있었다.

"그렇소."

이익 확대를 위해서는 볼프스베데 황국은 적당한 무역 상대가 되겠지만, 애석하게도 지크바르트의 소행이 너무 잔인했다. 당당하게 거절하고 싶었지만 지크바르트를 화나게 할 수는 없었다. 때문에 요 근래 몇 년간 국왕은 처절한 딜레마를 안고 있었다.

"국왕 폐하께서도 재상께서도 답변을 하지 않은 채 어물쩍 피하고 계셨던 모양이지요?"

국왕은 만만치 않은 외교술을 구사한 모양이라 그 대단한 지크바르트의 사자도 파고들지 못한 듯했다.

"그렇소."

"지크바르트가 마침내 기다리다 지친 것은 아니겠습니까?"

'지크바르트의 성격을 고려해보면 지금까지 모다브 왕국을 침공하지 않았던 것이 신기합니다'라고 웨이스데일 제국의 대사는 차근차근 말했다.

"지크바르트는 우리나라를 불태울 셈인가."

지크바르트가 쳐들어오면 모다브 왕국은 정복당하리라. 알베르는 냉정하게 볼프스베데 황국과 자국의 군사력을 비교했나.

아델리느는 알베르의 말에서 모다브가 질 것이라는 현실을 깨달았다. 머리에 냉수를 끼얹은 듯한 기분이었다.

"지크바르트가 지금까지 한 일을 생각해보면 긍지 높은

모다브 왕국의 미래는 정해져 있습니다. 그렇지만 우리나라가 모다브 왕국에 협력한다면 전황은 바뀌겠지요."

볼프스베데 황국에 정면으로 맞설 수 있는 나라는 백전연마의 웨이스데일 제국 정도였다. 해전이라면 웨이스데일 제국 쪽에 승산이 있었다.

"아델리느를 시집보내 동맹을 맺으면 웨이스데일은 원군을 파견해 주시는 겁니까?"

일찍이 슈베르니 왕국이 볼프스베데 황국에 공격당했을 때 슈베르니 왕국은 제이왕녀의 약혼자가 있는 모다브 왕국과 제삼왕녀의 약혼자가 있는 웨이스데일 제국에 원군을 요청했다. 그렇지만 웨이스데일 제국도 모다브 왕국도 원군을 보내지 않았다. 일단 웨이스데일 제국의 국왕은 원군을 파견했지만, 국내에서 벌어진 모반 정벌을 이유로 군대를 돌려 버리고 말았다. 모반 정벌이라고 해도 대군이 필요한 규모가 아니라 가난한 서민의 단순한 폭동이었다. 슈베르니 왕국에 원군을 파견하지 않을 핑계로 둘러댔음이 틀림없었다. 즉, 웨이스데일 제국은 슈베르니 왕국을 저버린 것이었다.

'웨이스데일이 대국이 된 이유를 알겠구먼' 하고 모다브 국왕은 고열로 헛소리를 하면서 웨이스데일 국왕의 더러운 농간에 대해서 말을 흘렸다. 평화에 젖어서 상황을 파악하지 못한 채 결론 나지 않는 회의만을 계속했던 모다브 왕국과는 하늘과 땅 차이였다.

"이번에 저는 전권을 위임 받았습니다. 아델리느님과 우리 황태자의 혼담이 정해지는 대로 원군을 파견하겠습니다. 황태자께서 직접 원군의 지휘관으로 오실 겁니다."

긍지 높은 모다브 왕국을 멸망시켜서야 곤란하다며 웨이스데일 제국의 대사는 열변을 토했다. 확실히 지크바르트가 모다브 왕국의 자산을 움켜쥐게 되면 웨이스데일 제국은 초조해지리라.

"지크바르트라면 우리 모다브보다 웨이스데일을 욕심내겠지요."

정말로 지크바르트는 모다브 왕국을 침공하려고 드는 것인지 알베르는 온화한 어조로 물었다. 자국의 정보 수집력이 낮다는 사실은 잘 알지만, 만만치 않은 웨이스데일 제국의 말을 곧이곧대로 받아들이기는 위험했다.

"지크바르트는 대륙 제패를 노리고 있습니다. 대륙 제패를 마무리 짓기 위해 웨이스데일에도 쳐들어올 터입니다."

대륙에서 독립을 유지하는 나라의 수는 적어지고 말았다. 다만 모다브 왕국 외에도 아직 지크바르트의 사냥감이 될 법한 나라는 남아 있었다.

'모다브에 오지 마. 이교도의 나라에라도 가라고. 바다에라도 가서 난파해 버려라' 하고 아델리느는 마음속으로 한 번도 본 적 없는 지크바르트를 향해 끊임없이 말했다.

물론 지크바르트가 출진했다는 말을 들었어도 전혀 실감이 나지 않았다.

"내 여동생은 나만의 여동생이 아니라 국민에게도 사랑받고 있습니다. 나도 소중한 여동생을 그렇게 간단하게는 떼어 놓을 수 없습니다. 우선 웨이스데일의 황태자를 우리 왕국에 초대하고 싶습니다만?"

알베르는 약혼을 맺기 전에 원군을 이끌고 모다브 왕국으로 오라는 암시의 뜻을 비쳤다.

"맞선을 할 시간이 있겠습니까?"

"소중한 여동생이니 말이오."

"제이왕녀인 크리스티느님이시라면 영단을 내리시겠습니까?"

웨이스데일 제국의 대사는 어머니를 많이 닮은 제일왕녀이기에 주저하는지도 모른다고 착각한 모양이었다.

말할 것도 없이 알베르는 수려한 미간을 찡그렸다.

"크리스티느도 아델리느와 마찬가지로 내게 있어서는 소중한 동생입니다. 먼저 청하신 쪽이 크리스티느였어도 나는 같은 말을 했겠지요."

'아아, 웨이스데일은 내가 아니라도 상관없구나' 하고 아델리느는 이상한 부분에서 안심하고 말았다. 이렇다면 아무리 청한다 해도 시집갈 필요는 없었다. 애당초 군사 대국인 웨이스데일 제국의 목적은 모다브 왕국이 소유한 막대한 자원이었다. 모다브 다이아몬드를 사고팔 권리도 노리고 있으리라.

잠시 동안 알베르와 웨이스데일 제국의 대사 사이에서 승강이가 이어졌지만, 모다브 왕국 특유의 뒤로 미루기 기술이 승리를 거머쥐었다. 아델리느와 웨이스데일 제국의 왕태자 사이의 혼담은 보류되었다.

"오라버니, 절대로 싫어요."

알베르는 온화하고 다정했지만 제법 허투루 볼 수 없는 구석이 있었다. 아델리느는 알베르의 소매를 있는 힘껏 잡아당겼다.

"알고 있다."

"정말로 아는 거죠? 지난번에도 알고 있다고 말씀하시고는 오라버니께서는 저를 두고 모다브 숲으로 놀러 가버리셨잖아요."

아델리느가 지난날의 이야기를 입에 담자, 알베르는 즐겁다는 듯이 미소 지었다.

"오래된 이야기구나."

"오래되지 않았어요. 저를 놓아두고 바다로 가버리신 일도 있었어요. 서노 배를 타고 싶었는데."

"너를 군함에 태울 수는 없지 않니."

"군함이라도 좋으니까 저는 오라버니와 함께 배를 타고 싶었어요."

아델리느가 손을 내저었을 때 다음 알현 상대가 나타났다. 재빨리 아델리느는 숙녀의 가면을 썼다.

볼프스베데 황국이 쳐들어왔을 때 불타는 들판이 되어버렸던 슈베르니 왕국에서 도망쳐 온 공작은 공손하게 인사를 했다. 자비심 깊은 국왕의 아래 궁정 내에서는 소중한 손님으로서 융숭하게 대접하고 있었다. 그렇기에 그가 후계자인 자식과 아델리느의 혼담을 바라자, 알베르는 표정으로 드러내지는 않았지만 곤혹스러웠던 모양이었다.

"아델리느님께서는 슈베르니 재건의 여신이 되어 주셨으면 합니다."

아무래도 아델리느를 내세워 슈베르니 왕국의 부활을 꾀하려는 모양이었다. 모다브 왕가의 막대한 자산을 기대하는 것이리라.

'우쭐해졌군' 하고 작은 목소리로 핀잔을 날린 사람은 세브란이었다. 세브란이 이런 태도를 취하는 것은 본 적이 없어서 아델리느는 그저 놀랐다. 그러나 세브란의 핀잔은 지극히 당연했다.

그 후에도 슈베르니 왕국에서 도망쳐 온 귀족이 몇 사람이나 나타났지만 다들 반쯤 억지 부리듯이 아델리느를 맞아들이고 싶어 했다. 모국을 빼앗긴 지금, 제일왕녀의 부마가 되어 모다브 왕국 내에서 자신의 지위를 반석 위에 올리고 싶었으리라.

"슈베르니의 잔당을 너무 극진하게 보호했는지도 모르겠습니다. 주제넘은 것도 이만저만이 아닙니다."

세브란이 험악한 표정으로 말하자 알베르는 의젓하게 고개를 주억였다.

"곤란하군."

매정하게 대하면 모반을 꾀하고 너그럽게 대하면 기어오르니 평민이든 귀족이든 왕족이든 사람 마음을 장악하기 어렵기는 외교와 다르지 않다고 국왕이 가족 앞에서 툭 흘렸던 적이 있었다.

알베르의 약한 소리로도 들리는 말에 아델리느는 눈을 치켜떴다.

"아무래도 좋지만 저는 절대로 싫어요. 그저 단순하게 왕가의 딸을 원할 뿐이잖아요. 제가 아니라도 되잖아요."

누구 한 사람 아델리느를 마음이 있는 여성이라고 보지 않았다. 왕가의 딸이라면 아델리느가 아니라도 상관없는 것이었다. 고상한 가면을 쓴 귀족의 추악한 야심에는 비위가 상했다.

"아델리느, 너도 깨달았니?"

알베르가 놀란 듯이 말하자 아델리느는 보송보송한 머리카락을 곤두세웠다.

"그 정도는 눈치채요. 모다브 왕가의 딸을 원한다면 아바마마의 고모님이 계시잖아요. 아까 전에 보았던 슈베르니의 사람들과 결혼시키면 돼요."

국왕의 고모는 모다브 왕가의 딸로 나고 자라 낙농업이 번성한 나라의 왕가에 시집갔지만 결혼 상대를 먼저 떠나보내 친정으로 되돌아왔다. 이미 나이가 많아 왕궁에 얼굴을 내미는 일은 드물었다.

"아델리느, 안 들은 걸로 하겠다. 너도 두 번 다시 입에 담지 말아라."

알베르는 우아하고 아름다운 미소로 흘려 넘겼지만, 세브란과 측근들의 얼굴은 무참하게 무너졌다. 아델리느의 교육 담당은 머리를 감싸 안았다.

"그럼 아바마마의 누님이 계시잖아요. 지금도 멋과 미용에 힘쓰시고 계시는 데다가 본인께서도 재혼할 마음이 있으신 모양인걸요?"

국왕의 누이도 결혼 상대를 돌림병으로 잃고서 모다브 왕가로 되돌아왔다. 그 이후 유유자적한 나날을 보내고 있었다.

"아델리느, 네 사랑스러운 입에서 그런 말이 튀어나오면 궁정 안은 발칵 뒤집히겠구나."

"발칵 뒤집혀도 되잖아요? 으응, 발칵 뒤집히겠죠? 볼프스베데 황국의 군대가 공격해 올까요?"

"국경 경비군에게 확인해 보겠다."

알베르가 시선을 보내자 세브란이 약간 나직한 목소리로

답했다.

"이미 전령을 보냈습니다."

세브란은 평화병에 걸리지 않은 드문 존재인 모양이었다. 모든 일에 신속하고 정확했다.

"서둘러 볼프스베데 황국 대책을 세우는 편이 좋아요. 이런 알현을 할 상황이 아니라고요."

볼프스베데 황국에 대항하기 위해서 즉시 손을 써야만 했다. 국경 주변에는 거액의 자금을 투입해서 지어올린 튼튼한 요새가 있었지만 잔학왕의 맹공에 견딜 수 있을지는 불확실했다.

"네 의견은 올바르지만 알현은 계속해야만 한다."

국왕의 의무는 왕태자인 알베르에게 뼛속까지 철저히 주입되어 있었다. 아델리느도 역시 왕가의 딸로서 교육은 받았다.

"오라버니가 결혼하시지 않는 한 저는 결혼하지 않겠어요."

"곤란한 공주님이로군."

알베르가 어깨를 으쓱인 후에 새로운 알현 상대가 나타났다. 또 이야기 내용은 아넬리느의 혼담이었다.

아델리느는 초조한 마음에 레이스로 만든 리본을 잡아뜯을 뻔했지만, 알베르는 우아하고 아름다운 미소로 대응했다.

새삼스럽게 알베르에게는 감탄할 뿐이었다.

초콜릿과 와플을 두둑하게 먹은 티타임을 마치고 평민을 상대로 하는 알현에 돌입했지만 이쪽 역시 아델리느의 혼담 이야기가 들어왔다. 어느 미술상은 기어코 관계있는 귀족에게 아델리느를 맺어주고 싶은 모양인지 군함 스무 척 분량의 금괴를 알베르에게 바치려고 했다. 아마도 아델리느의 가격이리라.

'나를 금괴로 사려는 거야?' 하고 아델리느는 굴욕감으로 몸을 떨었지만, 알베르는 왕족의 품격을 풍기며 슬며시 거절했다.

미술상은 금괴를 군함 서른 척 분량으로 늘렸지만 알베르는 흔들림이 없었다. 다만 제2의 도시에 거대한 정원을 만들고자 하는 문화대신이 휘청거렸을 뿐이었다.

아바마마께서 홧김에 마구 드셨던 마음을 잘 알겠다며 아델리느는 시름을 잊으려는 듯이 미식에 몰두했던 아버지를 떠올렸다. 그리고 지금껏 자신이 보호받고 있었다는 사실도 실감했다.

아델리느의 혼담이 연이어지던 알현이 끝나자 한숨 돌릴 틈도 없이 대연회장에서는 무도회가 시작되었다.

알베르는 에스코트할 여성이 없기에 필연적으로 아델리느가 나서게 되었다.

모다브 다이아몬드와 모다브 레이스를 호화롭게 쓴 드레스를 몸에 걸치고 머리카락에는 분홍빛 장미를 장식했다.

"아델리느, 네가 가장 아름답구나. 오늘 밤 무도회에 오신 귀부인들이 안타깝다."

알베르가 자랑스럽다는 듯이 칭찬해 주어서 아델리느는 장난꾸러기 아이처럼 웃었다.

"어마마마와 비교하면 어느 쪽이 예뻐요?"

"초콜릿과 와플, 어느 쪽이 좋은지 묻는 것과 마찬가지야."

모다브 사람이라면 초콜릿과 와플 중 양자택일에 고뇌한다. 분명 답은 나오지 않으리라.

"잘도 피했군요."

알베르가 다정하게 손을 잡자 아델리느는 가만가만 앞으로 나아갔다.

한자리에 늘어선 신사와 숙녀가 알베르와 아델리느를 공손히 맞이했다. 아델리느의 풋풋한 미모에는 감탄의 목소리가 커졌다.

각 나라의 왕후 귀족을 초대해 행하는 호화로운 무도회였지만, 누구 한 사람 볼프스베데 황국의 출진에 대해서 입에 담지 않았다.

역시 잘못된 소식이었을까. 웨이스데일 제국의 대사가 거짓말을 했다고는 생각하지 않았지만, 화려하게 치장한 영애들은 어쨌거나 모다브 왕국의 해군들까지 화제로 삼지 않는 점은 이상했다.

잔학왕의 출진은 거짓이구나 싶어 아델리느가 안심해서 가슴을 쓸어내린 것도 잠시, 새로운 문제에 직면했다. 아니, 충분히 상상할 수 있는 사태였는지도 몰랐다. 곁에서 에스코트 역할을 맡은 알베르가 있음에도 불구하고 여러 남자들이 당당하게 아델리느에게 치근덕거리는 것이었다.

"아델리느님, 부디 저에게 최고의 영광을 부여해 주십시오."

알베르가 마음에 들어 하는 카본 공작가의 후계자가 손을 잡아끌어 아델리느는 연회장 중앙에서 왈츠를 추었다.

아마도 알베르는 신뢰할 수 있는 신하에게 아델리느를 시집보내고 싶은 것이리라. 나라를 위해서 라고는 해도 아델리느를 뒤숭숭한 나라 밖으로 내보내고 싶지는 않은 모양이었다.

'오라버니, 저는 이 사람이 싫지는 않지만 좋지도 않아요. 아직 결혼 따위는 생각할 수 없다고요. 조금 더 아바마마와 어마마마와 오라버니와 함께 있고 싶어요. 크리스티느와 이것저것 하며 놀고 싶어요' 그렇게 생각하던 아델리느는 넘어질 뻔하며 약혼자 후보인 카본 공작가의 후계자와 왈츠를 추었다.

왈츠가 끝나자마자 알베르가 마음에 들어 하는 카본 공

작가의 후계자는 다른 유력 귀족들에게 은근슬쩍 쫓겨났다.

아델리느는 리드당하는 대로 외무대신의 후계자와 두 번째 곡을 추는 처지가 되었다.

외무대신의 후계자는 이 이상 없을 만큼 정열적으로 구애해 왔지만 아델리느는 스텝을 밟는 데에 필사적이라 신경 쓸 계제가 아니었다.

알베르는 세브란을 곁에 두고 다른 나라의 서기관과 이야기를 나누고 있었다. 주변에 젊은 여성은 한 사람도 없었다.

'어째서 독신인 오라버니 곁에는 원숭이 한 마리조차 없는 거야. 이렇게 아름다운 여성이 가득하니까 한 사람 정도는 힘을 내라고' 하는 마음을 담아 아델리느는 서로 경쟁하듯이 꾸며 입은 여성들에게 시선을 흘렸다. 제각기 알베르를 의식하고 있는 모양이었지만, 서로 견제하는지 결코 다가가려고 하지 않았다.

애당초 아델리느에게는 남의 일이 아니었다. 독신인 귀공자들에게 둘러싸여 아델리느는 알베르의 곁에 돌아갈 수 없게 되어버렸다.

"저는 재상님께 아델리느님의 상대를 해드릴 명예를 부여받았습니다만?"

"저는 알베르 전하께 아델리느님을 지켜드릴 명예를 얻

었습니다만?"

"아델리느님께서 우리나라의 황후가 되어주셨으면 합니다."

아델리느 본인의 의사는 무시한 채 주변에 있는 귀공자들 사이에서 불꽃이 튀겼다. 평소 얌전한 모다브 왕국의 귀공자들은 범상치 않은 투지를 불태웠다.

"아델리느님께서도 알베르 전하와 마찬가지로 돌아가신 약혼자를 그리시는 겁니까?"

한층 커다란 다이아몬드를 몸에 단 백작가 자제가 묻자, 아델리느는 초상화에 그려져 있던 검은 머리카락의 소년을 떠올렸다.

"저, 한 번도 직접 뵌 적이 없습니다."

태어나면서부터 정해졌던 약혼자인 이웃 나라 왕태자는 아델리느가 일곱 살 적에 돌림병으로 세상을 떠났다. 당시 공부에서 어떻게 해서든 도망칠 궁리만 하고 있던 아델리느는 약혼자가 사망했다는 의미를 이해할 수 없었던 것이다. 세상을 뜬 약혼자가 살아 있었다면 아델리느는 열다섯 살에 시집갈 예정이었다. 세상을 떠난 약혼자의 너무 이른 죽음은 동정했지만 이제 와서는 아델리느는 지금 자신의 모습 이외에는 상상할 수 없었다.

"그러셨군요. 다행인지도 모르겠습니다."

지크바르트 출진이라는 단어가 머리에 사라지지 않아서

아델리느는 주변에 있던 귀족들에게 물었다.

"이런 자리에서 꺼내기엔 그런 말이지만, 아시다시피 오라버니와 인연을 맺었던 약혼자의 나라가 지크바르트 3세에게 멸망했습니다. 지크바르트는 모다브도 침공해올 셈일까요?"

볼프스베데 황국을 다스리는 지크바르트의 이름이 나온 순간 아델리느의 주변은 얼어붙었다.

"……으, 잔학왕……. 잘도 아버지를……."

지크바르트군에 양친을 잃었던 젊은 귀족은 실신해 버렸다. 누구도 그를 나약하다고 빈정거리지 않았다.

잔학왕에 대한 증오 섞인 무시무시한 공포에 아델리느는 꺼낼 말을 찾지 못했다.

무엇보다도 지크바르트에게 모국을 잃은 귀족들은 숨을 헐떡거리는 듯이 잔학왕의 잔인함에 대하여 열변을 토했다. 그중에서도 지크바르트의 가엾은 네 아내들에 대한 비극은 도를 넘어선 것이었다.

지크바르트는 여태껏 네 번이나 결혼했지만 일방적으로 네 명의 아내와 이혼했다. 모든 아내가 미모와 지성을 겸비해 흠잡을 데 없는 여성이었다고 했다. 하지만 이혼 후 지크바르트는 생트집을 잡아 아내의 친정과 모국을 멸망시켰다.

그야말로 지크바르트는 사람의 탈을 쓴 야수였다. 안온

한 나날을 보내던 아델리느에게는 지어낸 이야기로만 들렸지만, 대륙 제패를 노리는 지크바르트의 맹공은 다들 아는 사실이었다.

"……무서워요."

아델리느가 지크바르트에게 겁먹자 주변에 있던 귀공자들은 일제히 목소리를 높였다.

"아델리느님은 제가 목숨을 대신해서라도 지켜 드리겠습니다."

'자국을 지키지 못하고 모다브로 도망쳐 온 사람은 누구예요. 볼프스베데 깃발을 보지도 않고 도망쳐 와서 살았잖아요. 자국을 지키려고 싸운 귀족은 세상을 떠났다고 들었어요' 하고 생각하며 아델리느는 냉정하게 주변을 둘러보았다. 그녀가 어떤 귀공자에게도 매력을 느끼지 않는 이유일지도 몰랐다.

마음속을 들키지 않게끔 아델리느는 숙녀의 모습을 연기하면서 모다브 왕국의 평화를 기도했다. 어쨌거나 지크바르트의 출진은 거짓이었으면 했다. 아니, 잘못된 정보여야만 한다고.

3장

다음 날 평소대로 침대에서 초콜릿과 와플로 아침 식사를 하고, 시녀의 손을 빌려 몸단장을 갖추었다.

여전히 국왕의 용태는 차도가 없어서 알베르가 국왕 대리 자격으로 공무에 임하고 있었다. 필연적으로 제일왕녀인 아델리느가 왕비 대리였다.

정기적으로 열리는 어전 회의에 출석해시 볼프스베네 황국의 지크바르트에 대해서 이야기를 나누었다.

알베르의 시종장인 세브란은 국경 경비대군으로부터 지크바르트의 출진을 확인했다.

재상 이하 외무대신이나 재무대신 등 국정을 짊어지는

사람들로부터 동요가 새어나왔다. 지크바르트가 직접 출진했다고 하면 피바람이 불 것은 뻔한 일, 모다브 국왕으로서도 느긋하게 방관하고 있을 수는 없었다.

"지크바르트가 출발했다는 사실은 틀림없습니다. 목적지는 우리 모다브 왕국이라고 여겨집니다. 서둘러 대책을 세워야 합니다."

세브란이 의연한 태도로 말을 마치자 어전 회의의 의장이 괴로운 표정으로 자신의 가슴을 억눌렀다.

"잔학왕이 또다시 시체를 쌓아올릴 셈입니다. 의견을 듣고 싶습니다."

의장의 말에 따라 외무대신이 밝은 목소리로 발언했다.

"잔학왕의 목적지는 정말로 우리 모다브 왕국일까요? 웨이스데일 제국은 아닐는지요? 잔학왕에게 웨이스데일 제국은 눈엣가시입니다."

권세를 자랑하는 웨이스데일 제국과 지크바르트는 서로 반목하고 있어 언제 전쟁이 발발해도 이상하지 않았다. 세브란이나 알베르는 고개를 내저었지만 다른 대신들은 외무대신의 의견에 찬동했다.

"그렇습니다, 외무대신께서 말씀하신 대로입니다. 잔학왕과 웨이스데일 왕국의 반목은 깁니다. 결판을 내려고 하는 것은 아니겠습니까?"

"문제는 웨이스데일 제국이 잔학왕에게 굴복했을 때입

니다. 우리 모다브 왕국과 웨이스데일 제국과는 인연이 있
으니까요."

지크바르트가 대두할 때까지는 웨이스데일 제국이 절대
적인 권세를 자랑하고 있었다. 웨이스데일 제국에게 거스
르지 못한 채, 그렇다고 해서 속국도 되지 않은 채 교묘하
게 살아 남아온 모다브 왕국이었다.

지크바르트의 출현으로 인해 볼프스베데 제국과 웨이스
데일 제국의 2대 열강 구도로 바뀌었지만 이전보다 나라
관계는 복잡해졌다. 아델리느는 아무리 설명을 들어도 잘
알 수 없었다. 다만 확실한 사실은 지크바르트가 공격했던
나라는 차례차례로 멸망했다는 점이었다.

"오오, 웨이스데일이라면 잔학왕에게 뒤지지 않습니다."

"웨이스데일이 잔학왕을 처리해 주겠지요."

"웨이스데일은 강하지만 어째서 그렇게 식사가 맛이 없
을까요. 웨이스데일 요리는 인간이 먹을 음식이 아닙니다.
재료는 좋은데 요리법이 이상한 걸까요."

모다브 왕국의 국정을 짊어지는 이들은 모두 하나같이
현실에서 눈을 돌렸다. 아니, 모다브 왕국의 평화가 너무
길어서 현재 상황을 정확하게 파악할 수 없는 것이리라.

아델리느가 곁눈질로 알베르를 보자 수려한 미모에 어두
운 그림자가 드리워져 있었다. 세브란의 단정한 얼굴은 험
악했다.

그러는 사이에 어전 회의의 화제는 초콜릿으로 바뀌었다. 아델리느가 어안이 벙벙해 있자 부아가 치민 세브란이 소리를 크게 쳤다.

"여러분, 모다브 왕국의 중대사입니다. 지크바르트의 군은 모다브 왕도로 향하고 있습니다."

지체없이 알베르가 기품 실린 어조로 말했다.

"계엄령을."

알베르는 계엄령을 선포해 지크바르트의 군에 대비하려고 했지만 문화대신이 이의를 주장했다.

"기다려 주십시오. 내일부터 사흘 동안 다들 기대하던 꽃 축제입니다."

"그렇습니다. 알베르 전하, 백성의 즐거움을 빼앗아서는 안 됩니다. 왕도의 광장을 꽃으로 가득 채운 모양은 장관입니다. 설마 잔학왕이라도 꽃 축제를 짓밟지는 않겠지요."

아델리느도 꽃 축제를 기대하고 있었지만, 지크바르트가 다가온다면 모다브 왕가를 위해서 눈물을 삼키며 포기할 수 있었다.

알베르와 세브란은 대신들을 설득하려고 했지만 공연하게 시간이 흘러갈 뿐이었다. 국왕 대리가 아니라 국왕이었다면 알베르 스스로 결단을 내릴 수 있었을지도 몰랐다.

고뇌에 찬 알베르의 손을 아델리느는 살짝 잡았다.

아무런 해결책도 내지 못한 채 어전 회의는 끝나고, 알베

르와 아델리느는 모다브 왕국에서 욕심 많기로 유명한 상
인과 만났다.

이야기 내용은 장사가 아니라 아델리느의 혼담이었다.
상대는 다른 나라의 왕족이었지만 이미 아델리느보다 연상
인 아이가 있었고, 여복이 많은 사람으로 이름이 높아 정부
를 열다섯 명이나 거느렸다고 했다.

"지크바르트가 모다브로 향했습니다. 목적은 무역 조약
입니다만, 아시겠지요? 잔학왕에게 찍히면 끝입니다. 참살
당하기 전에 도망칠 준비를 하시는 편이 좋을 겁니다."

모다브 왕국의 상인은 알베르에게 망명을 권했지만, 도
와주는 대가로 아델리느를 바라는 것이었다.

'약점을 이용하는군요' 하고 세브란은 빈정댔지만, 알베
르는 왕태자로서의 기품을 유지하면서 부드럽게 거절했다.
모다브 왕국의 상인은 끈질기게 달라붙었지만 알베르의 기
교에 져 물러났다.

아델리느는 어안이 벙벙한 상태였지만 교육 담당인 프랑
소와즈는 격분했다.

"제가 목숨을 바쳐서 키워드린 아델리느님께 저런 상스
러운 분과의 혼담이 들어오다니……. 아아, 절대로 안 될
말입니다."

아델리느님을 대체 뭐라고 생각하는 것이냐며 프랑소와
즈는 신경질적으로 이어 말하고는 아델리느를 힘껏 끌어안

았다.

"프랑소와즈, 잔학왕에게 찍히면 끝이야? 모다브는 찍힌 거야? 끝난 거야?"

아델리느의 뇌리에는 욕심 많은 상인의 말이 박혔다.

"아델리느님, 진정하도록 하죠. 저도 참, 흐트러진 모습을 보여 죄송합니다."

프랑소와즈가 아델리느의 뺨에 키스를 하자, 세브란이 결심한 듯한 눈빛으로 알베르에게 진언했다.

"알베르 전하, 아델리느님의 상대는 웨이스데일 제국의 황태자 쪽이 낫습니다. 성사되면 아델리느님께서는 황태자비이십니다. 서둘러 웨이스데일과 동맹을 맺어 잔학왕을 모다브에서 몰아내도록 하지요."

세브란의 의견이 웨이스데일 제국과의 조약으로 기울었을 때, 중후한 문 너머에서 새파래진 근위병이 뛰어 들어왔다.

"잔학왕이… 잔학왕이…… 잔학왕이……."

왕족에 대한 예의도 차리지 않은 채, 근위병은 다리를 떨며 지크바르트의 별명을 주문처럼 부르짖었다.

세브란은 즉시 상황을 파악하고 근위병의 떨리는 어깨를 두드렸다.

"볼프스베데 황국의 지크바르트 3세가 어쨌다는 거냐?"

"……보, 보고 드립니다. 지크바르트군이 왕도에 밀려들었습니다. 꽃 축제가 열리는 광장에 다다랐다고 합니다."

근위병이 갈라진 목소리로 보고하자 세브란은 의아한 눈으로 고개를 기울였다.

"국경 경비군은 지금까지 무얼 했나?"

아델리느가 묻고 싶은 말을 세브란이 입에 담았지만, 근위병도 파악하지 못한 모양이었다.

"모르겠습니다. 갑자기 볼프스베데군이 나타났습니다. 다들 놀라서 기겁을 했습니다."

알베르는 눈을 내리뜨며 한숨을 쉰 다음 높은 목소리로 말을 꺼냈다.

"신출귀몰한 볼프스베데군의 소문은 진실인 모양이군. 이쪽도 즉시 군대를 정비하라. 바이요군, 에모니에군, 출동하라."

국왕 대리인 알베르의 이름으로 계엄령을 선포하자, 화려한 왕궁 안은 갑작스럽게 소란스러워졌다.

알베르의 측근들이 왕궁 안을 휘저으며 느긋하게 초콜릿을 먹던 재상과 외무대신을 찾았다.

재상은 긴급회의를 제안했지만 그럴 상황이 아니었다.

세브란의 아버지인 바이요 장군이 군을 이끌고 왕궁을 나섰다. 재상의 동생이 이끄는 에모니에군이 왕궁을 에워싸듯이 병사를 배치했다. 웨이스데일 제국에서 구매한 대포를 몇 대나 배치했다.

"볼프스베데군은 왕궁으로 향하고 있습니다. 모다브의 백성들은 집에 틀어박혀 난을 피했다는 듯합니다."

지크바르트가 이끄는 군은 모다브 국민을 습격하지 않고, 똑바로 왕궁을 향하는 모양이었다. 저항하지 않는 민중에게 위해를 가하지 않아서 아델리느는 안도하는 마음에 가슴을 쓸어내렸다.

"아델리느, 너는 크리스티느와 함께 피난해라. 행선지는……."

알베르의 말을 가로막듯이 아델리느는 명랑한 목소리로 딱 잘라 말했다.

"오라버니께서 국왕의 대리라면 저는 왕비의 대리예요. 어마마마께서는 아바마마를 두고 도망치시지는 않아요."

지크바르트에 대한 공포가 없다고 하면 거짓말이지만, 소중한 오빠나 양친을 두고 피난할 마음은 들지 않았다. 아델리느는 자신의 몸에 모다브 왕가의 피가 흐른다는 사실을 실감했다.

"아델리느, 혹시 만에 하나의 경우는 너와 크리스티느만이라도."

"오라버니, 지크바르트에게 지실 셈이에요? 지실 테니까 저와 크리스티느를 대피시킬 거예요? 겁쟁이."

"아델리느가 눈을 치켜뜨자 알베르는 우아하게 미소 지었다.

"……아아, 모다브의 이름을 걸고 무도한 어정뱅이에게 굴하지는 않겠다. 너는 내 곁에서 웃고 있으렴."

알베르가 조용히 투지를 불태우는 모습에 아델리느는 빙긋 미소 지었다. 그리고 오빠의 팔에 자신의 팔을 꼈다.

재상이나 대신들이 회의를 바랐기에 알베르는 국왕 대리로서 참가하는 것이었다.

일만 개의 거울과 다이아몬드를 사용한 대연회장에서는 모다브의 신사숙녀가 초콜릿을 집어 들면서 즐겁다는 듯이 환담을 나누고 있었다.

"잔학왕이 왕도에 진군하고 있다는 소문은 사실입니까? 모다브의 군에서 그런 보고는 들어와 있지 않습니다."

"거짓은 아닐까요? 꽃 축제를 하루 앞둔 모다브를 침공하다니 무례해요."

"그보다 오늘 밤 열리는 무도회는 어찌 되는 거죠? 다르시 백작이 거느린 초콜릿 장인이 만든 신작을 선보일 예정이었죠?"

평화에 젖은 모다브의 귀족은 태평했지만 지크바르트에게 모국을 잃은 귀족들은 홀연히 모습을 감추었다. 아마도 지크바르트의 침공을 깨닫고 한시바삐 왕궁에서 도망친 것이리라.

"목숨을 대신해서라도 나를 지킨다, 그렇게 말했던 주제에 도망쳤잖아."

'흥' 하고 아델리느가 업신여기듯이 코웃음을 날리자, 알베르가 작은 목소리로 나무랐다.

왕가의 공주가 취할 태도가 아니라고.

알베르의 측근이 볼프스베데 황국 진군에 대해서 알리며 돌아다녔지만, 여전히 모다브의 귀족은 이해하지 못한 모양이었다. 헤이즐 너츠 크림을 섞은 화이트 초콜릿에 푹 빠져 있었다.

웨이스데일 제국을 필두로 다른 나라에서 온 대사들도 없었다. 지크바르트가 무서워 인사도 하지 않고 피난했으리라.

현재 왕궁에 남은 사람은 위기감 없는 모다브 왕국 사람들뿐이었다. 긴급한 어전 회의의 자리에서도 재상이나 대신들은 느긋했다.

"지크바르트는 어째서 모다브에 온 것일까요? 모다브 초콜릿을 원했던 걸까요?"

"잔학왕이라도 초콜릿의 맛을 아는 건가? 오오, 다르시 백작이 거느린 초콜릿 장인이 만든 신작을 증정하는 것은 어떨까."

"잔학왕이니까 모다브 다이아몬드를 노리는 것일지도 모르지. 광산에서 막 발견된 백 캐럿 다이아몬드를 건네주면 돌아가지 않겠나?"

너무나도 심한 대신들의 모습에 아델리느의 표정이 험악

해졌다. 알베르와 세브란은 필사적으로 감정을 억누르는 모양이었다.

"그러고 보니 지크바르트의 측근인 빅토르에게서 몇 번이나 알현 신청이 들어왔지만 거절했었지. 야만스러운 촌뜨기에게 우리 왕과 만날 자격은 없어."

외무대신이 문득 떠오른 듯 말하자 옆에서 대기하고 있던 서기관이 조심스럽게 말을 이었다.

"……한 달 전에 볼프스베데 황국의 문장이 들어간 황제의 친서가 도착했습니다. 틀림없이 국왕 폐하께 전해드렸다고 생각하고 있었습니다만, 외무대신의 책상 서랍에 들어 있었던 거로군요?"

"아아, 폐하께 전해 드리려고 했는데 잊어버린 게야. 분명히 지크바르트가 국왕 폐하를 뵙고 싶다고 바랐지?"

"예, 브롤리 외무관 이하 열 명이 진짜 친서라고 확인하고 나서 외무대신께 전해 드렸습니다. 친서에서 독극물은 검출되지 않았습니다."

아무래도 외무대신과 외무관들 사이에서 착오가 있었던 모양이었다. 그 결과 지크바르트에게서 온 친서가 국왕의 손에 전해지지 못했다.

몰랐던 사실에 알베르와 세브란은 안색을 잃었다. 이래서야 지크바르트가 화나서 침공해 와도 어쩔 수 없었다.

"……그 말인 즉, 외교상의 무례를 범한 쪽은 모다브예요?"

아델리느가 호랑이 같은 형상으로 지적하자 외무대신은 손을 팔랑팔랑 흔들었다. 그뿐만이 아니라 모다브 귀족은 결코 자신의 실책을 인정하지 않는다.

"이 정도 일로 화내지 마십시오. 아델리느님의 사랑스러운 매력이 반감합니다."

어전 회의에 출석한 귀족들은 하나같이 외무대신에게 찬동했다. 지크바르트를 무서워하기는 했지만 다들 어딘가 근본적으로 어긋나 있었다.

'모다브의 귀족은 이렇게 바보였나. 오라버니가 걱정하던 게 이거구나' 하고 아델리느는 얼이 빠지고 말았다.

"자신의 실책을 제쳐두고 무슨 소리를 하는 거예요. 상대가 누구든지 문장이 들어간 정식 친서를 무시하다니 야만인 그 자체예요. 잔학왕에게 싸움을 건 게 된다고요."

아델리느가 눈을 치켜뜨자 세브란이 중얼거리듯이 툭 말했다. 제 대신 말해주셔서 감사드린다고.

"지크바르트의 바람은 모다브 왕국과의 무역입니다. 어느 정도 다이아몬드를 주고 돌려보내도록 하지요."

"그렇게 단순한 남자였다면 역사 있는 나라를 무너뜨리지 않아요."

아델리느가 강한 어조로 잘라 말했을 때, 키가 큰 근위병이 안색을 바꾸며 들어왔다.

"왕궁 안 앞 정원에 지크바르트가 나타났습니다. 볼프스베데 황국군은 왕궁을 둥글게 에워싸고 있습니다."

신출귀몰이라는 수식어가 지크바르트에게 붙어 있긴 했지만 이 상상을 뛰어넘는 빠른 행동에는 모든 이가 심장을 꿰뚫렸다. 어전 회의의 일원들은 하나같이 입을 쩍 벌리며 굳었다.

아델리느는 숙녀의 가면을 벗어 던지고 큰 소리로 확인하듯이 물었다.

"왕궁을 경비하던 병사는 어찌 되었어요? 에모니에 장군은?"

왕궁의 주변은 재상의 동생이 이끄는 에모니에군이 배치되어 있었다. 웨이스데일 제국에서 만든 위력 있는 대포가 발사된 기색은 없었다. 또한 볼프스베데 황국에서 공격한 기색도 없었다.

"지크바르트를 본 순간 에모니에군의 병사가 도망쳐 버렸습니다."

한심스러운 자국 병사의 추태에 알베르와 세브란은 침통한 표정으로 낮게 신음했고 아델리느는 다리를 오들오들 떨었다.

"……도, 도, 도, 도망쳤다고요? 뭘 하는 거예요? 에모니에 장군은 재상의 동생이잖아요?"

어전 회의에 출석한 재상은 입을 벌린 채 꿔다 놓은 보릿자루처럼 굳어 있었다. 이 상태라면 지크바르트가 나타난다 해도 제정신으로 돌아오지 않으리라.

"에모니에 장군은 맨 먼저 도망쳤습니다."

각지를 침공하는 지크바르트에 대한 대책으로 에모니에 장군은 군비의 보강을 소리 높여 주장해 국왕이 참석한 예산 회의에서 막대한 예산을 타내기도 했다. 병사의 대우도 한층 더 좋아졌을 터였다.

"장군이 맨 먼저 도망치다니……."

아델리느가 분노로 정신이 나갈 뻔했을 때 국왕의 시종장이 얼굴을 내밀었다. 그는 국왕을 음으로 양으로 지지해 온 공로자였다.

"여러분, 국왕 폐하께서 부르십니다. 어서 드시지요."

방에서 휴식을 취하던 국왕에게 지크바르트 내습을 보고한 모양이었다. 그 결과 국왕이 움직였다.

"아바마마? 아바마마께서는 무사하시군요?"

잔학왕이 제일 먼저 노릴 목은 나라의 주인인 모다브 국왕이었다. 이미 지크바르트의 수하가 숨어들지 않았다는 보장도 없었다. 그는 일찍이 나라의 주인을 암살해서 영지를 빼앗은 적도 있다고 했다.

"국왕 폐하께서 지크바르트 3세 폐하와 만나실 모양입니다. 알베르 전하와 아델리느 왕녀께서도 동석하시지요."

명군이라고 칭송받는 국왕이니만큼 대책은 있었는지 지크바르트와 정면으로 대결할 셈이었다. 하지만 상대가 상대인 만큼 냉정하게 이야기만 나누게 되리라고는 생각할 수 없었다.

"……네? 아바마마께서 잔학왕을 만난다고요? 위험하지 않아요? 아니, 아바마마의 옥체는요?"

"아델리느님, 지크바르트 3세 폐하께서는 이미 대연회장으로 향하셨습니다. 이쪽에서 늦을 수는 없습니다."

시종장이 온화한 어조로 재촉하자 아델리느는 알베르와 세브란과 함께 모다브 왕국의 세련된 문화를 상징하는 듯한 대연회장으로 향했다.

"오라버니, 아바마마께서는 지크바르트에게 항복할 셈일까요?"

'그런 일은 없겠죠. 그 수밖에 없을까요. 항복해도 잔학왕은 봐주지 않는다고 들었어요' 하고 아델리느는 글썽이는 눈으로 알베르에게 물었다.

"긍지 높으신 아바마마께서 지크바르트에게 굴복하리라고는 생각하지 않아. 무언가 생각이 있으시겠지."

"그렇죠? 그렇겠죠? 아바마마라면 분명……."

다른 나라의 왕후 귀족조차 너무나 아름다운 구조에 감격한다는 대연회장에는 이미 정장을 차려입은 국왕 내외가 있었다. 국왕의 안색은 좋지 않았지만 몸져누웠다고는 생각할 수 없을 만큼 회복되어 있었다.

"알베르, 아델리느, 수고했노라."

국왕의 다정한 치하에 아델리느와 알베르는 궁정식 예를 표했다. 그렇지만 우아하게 인사를 할 상황이 아니었다.

"볼프스베데 황국 지크바르트 3세 폐하 납시었습니다."

대체 어떤 속도로 나아온 건지 빠르게도 지크바르트의 무리가 대연회장에 나타났다.

위험에도 불구하고 선두에서 걷는 사람은 지크바르트였다. 그를 그린 초상화는 모다브 왕궁에 한 점도 없었지만, 아델리느뿐만 아니라 모든 이가 한눈에 평판대로의 용모에 시선을 못 박혔다. 그 서슬 퍼런 위압감에는 당황할 수밖에 없었다.

금발에 얼음처럼 차가운 녹색 눈, 날카로운 턱선, 모다브 왕국에서는 찾아볼 수 없는 큰 키, 단련한 몸은 군복의 위로도 알 수 있었다. 생김새 자체는 늠름하고 단정했지만 몸에 두른 박력이 범상치 않았다.

크리스티느는 지크바르트에게 겁먹어서 무섭다며 유모에게 매달렸다. 저렇게 무서운 사람은 처음이라고 말한 사촌 여동생도 반쯤 울며 어머니를 끌어안았다.

모다브 왕국에 지크바르트처럼 박력 있는 남자는 한 사람도 없었다. 경애하는 알베로나 신뢰하는 세브란도 지크바르트에 비하면 허약하고 야리야리한 남자로만 보였다.

저 사람이 무도함의 극에 달했다는 잔학왕이구나 라고 생각하며 아델리느는 지크바르트를 똑바로 쳐다보았다. 모

다브 왕국의 자존심을 걸고 다른 여자아이처럼 지크바르트의 위압감에 떨지는 않겠다는 생각이었다.

지크바르트의 뒤에는 각지에서 날뛰었던 백전연마의 억센 사내들이 뒤를 이었다. 모든 병사가 큰 키에 체격이 좋고, 금발이 빛에 비쳐 빛났지만 살아 있는 인간이라는 느낌이 들지 않았다. 야만스러운 촌뜨기라고 야유 받고 있었지만, 강인한 병사들은 호화롭고 현란한 대연회장에 넋을 놓지는 않았다. 다만 똑바로, 기계 같은 정확함으로 나아갔다.

'잔학왕은 어찌 나올까. 아무리 그래도 갑자기 아바마마를 찌르지는 않겠지. 용서 안 할 거야' 하고 생각하며 아델리느는 지크바르트가 허리에 찬 검을 응시했다. 일반인의 눈으로 보아도 지크바르트가 살기를 뿜고 있다는 사실을 알았다.

모다브 국왕이 온화하게 미소를 띠며 지크바르트를 환영했다.

"지크바르트 3세, 먼 길 오느라 수고하셨소. 나이에는 못 이겨서 누워 있었소이다."

지크바르트는 등줄기가 얼어붙을 만큼 냉정한 목소리로 비아냥거림으로도 들리는 말을 되돌렸다.

"좋아 보이시니 다행이군."

쓰러지고 나서부터이긴 했지만, 국왕은 초콜릿과 와플

을 끊고 왕비의 감시 아래에서 식이요법에 힘썼어도 그다지 효과를 보지 못했다. 여전히 여기저기 포동포동했다.

"아니, 정말 나이에는 더 이상 이길 수 없소. 지크바르트 3세는 젊어서 좋겠소. 아직 이제부터 한창이겠구려."

지크바르트는 갓 스물일곱 살이 되었지만, 생일을 축하하는 행사는 일절 열지 않았다. 잘은 모르나 지크바르트 본인의 희망이라는 모양이었다.

어째서 생일을 축하하지 않을까 하고 아델리느는 신기했지만 지크바르트를 눈앞에 두니 깨닫고 말았다. 아무리 왕성한 상상력을 동원해 보아도, 얼음 조각 같은 지크바르트가 양초를 꽂은 케이크 앞에서 미소 지으리라고는 생각할 수 없었기 때문이었다. 아니, 미소 짓는 지크바르트의 모습을 상상할 수 없었다.

"시시한 이야기는 시간 낭비다. 본론에 들어가도록 하지."

지크바르트는 무뚝뚝한 얼굴을 한 채 단도직입적으로 말을 꺼냈다. 물론 왕궁의 예법은 아니었다.

아델리느는 어안이 벙벙했지만 모다브 왕국의 귀족들은 처지도 모르고 불쾌감을 드리냈다. 아만국에서 온 촌뜨기라고.

"모다브 초콜릿 정도는 들지 않겠소? 귀공과 초콜릿의 토론을 하고 싶구려."

국왕은 기분이 상한 기색도 없이 모다브 다이아몬드로 장식한 손을 천천히 흔들었다.

"거절한다."

지크바르트는 말 붙일 틈도 없이 거절했지만 국왕은 결코 웃음을 잃지 않았다.

"와플은 어떠하오? 다른 나라에서 맛보는 와플은 와플이 아니라오. 본고장은 모다브의 와플이오."

"필요 없다."

지크바르트의 날카로운 눈이 더욱더 매서워졌지만, 국왕의 태도는 전혀 변함이 없었다.

"모다브 맥주는 어떠하오? 귀공이라면 홍합보다 고기 요리 쪽을 좋아할 법 하오만? 짐의 요리사가 만든 오리 요리는 일품이라오."

모다브 국왕 특유의 기교로 끌어들이려고 했지만, 지크바르트는 억지로 화제를 바꾸었다.

"오늘 이쪽에 방문할 취지는 전했다."

'정식 수속을 밟아 대사에게 친서를 맡겼습니다' 하고 지크바르트의 측근이 거들 듯이 조용하게 말을 이었다.

"……음, 미안하오, 잠시 착오가 있어 짐의 손에 친서가 오지 않았소. 책상 서랍에 넣어둔 것을 잊고 있었다는 모양이오."

'나이를 먹은 사람은 짐만이 아니라오' 하고 국왕은 나이를 핑계로 얼버무리려고 했다. 달의 여신상 앞에서 외무대신이 부끄러워하는 기색도 없이 당당하게 고개를 끄덕였다.

"하찮은 거짓말은 그만두시지."

지크바르트가 아니라도 거짓말이라고 생각할지도 모르는 이야기였다. 아델리느 역시 외무대신과 서기관이 주고받는 말을 듣지 않았더라면 거짓말이라고 비웃었으리라.

"거짓말이 아니라오. 부끄럽지만 진실이오."

"그렇다면 다시 묻지. 볼프스베데와 모다브의 무역 조약을 맺겠나? 맺지 않겠나? 답은 둘 중 하나다."

지크바르트가 투지를 불태우며 여유로운 태도를 취하는 국왕에게 한발 다가갔다. 볼프스베데 황국의 병사는 미동도 하지 않았지만 모다브 왕국의 귀족들은 볼썽사납게 낭패스러워했다.

"이거 참, 젊구려. 기다리지 못하는 게요. 일에는 순서가 있다오. 특히 대국과의 무역이라면 상인들이나 장인들이나 조합이나, 여러 가지가 얽혀 있으니 짐의 뜻 하나만으로는 정할 수 없소."

국왕이 다독이듯이 밀했지만 지크바르트의 날카로운 두 눈은 변함이 없었다.

"오 년 전부터 빅토르가 교섭하고 있었다. 오 년 기다렸어."

지크바르트에게 그림자처럼 바싹 붙은 측근이 가볍게 고개를 숙였다. 그는 잔학왕의 오른팔로 주목받는 빅토르였다. 긴 금발 머리카락에 옅은 황녹색 눈동자, 드센 볼프스베데 황국군 중에서는 부드러운 외견이었지만 결코 얕보아서는 안 되는 존재였다.

"겨우 오 년이오."

"무려 오 년."

"오 년 전, 아직 짐의 딸은 열 살을 겨우 넘겼었소."

'장녀는 초콜릿 집어먹기에 힘쓰고 있었다오' 하고 국왕은 껄껄 즐겁다는 듯이 웃었다.

어째서 지금 자신의 그런 이야기를 꺼내는 것인가 싶어 아델리느는 얼굴을 굳혔지만, 알베르는 무언가 이변을 느낀 모양인지 수려한 미모를 흐렸다.

"관계없는 이야기는 필요 없다."

지크바르트가 내뱉듯이 말하자 국왕은 쓴웃음을 흘렸다.

"귀공은 성급하게 굴면 아니 되오. 거칠기만 한 기사의 혼을 지닌 황제라는 점은 알고 있긴 하지만, 귀공의 나라와 짐의 나라는 전혀 다르다오. 귀공 같은 사내가 나타나면 짐의 나라에 사는 백성들은 기겁한다오."

"민중은 집안에 숨었다."

한 사람도 저항하지 않는 거냐며 지크바르트는 얌전한

국민에게 당황한 기색을 내비쳤다.

"포격했소?"

소문으로 듣던 잔학왕은 아무런 죄도 없는 여자와 아이를 학살하도록 명했다고 했다. 무기도 들지 않은 농민이나 장인도 몰살했다고 들었다. 금화를 바치며 목숨을 구걸했던 상인은 구경거리처럼 참살했던 모양이었다.

"저항하지 않는 사람에게 칼을 들이밀지는 않는다."

왕궁을 경비했던 에모니에군도 저항하지 않고 도망쳤기에 지크바르트는 추격 명령을 내리지 않은 듯했다.

"그야말로 기사로세. 짐의 나라에 사는 백성은 요리도 재봉도 잘 하지만 싸움은 서툴다오. 선왕 대부터 모다브에 다툼은 없었소. 모반도 없었소. 실전을 경험한 병사는 없소. 평화로운 나라라오."

"내가 묻고 싶은 것은 무역이다. 무역 조약을 맺을 건가? 맺지 않을 건가?"

당장에라도 검을 뽑아 들 것만 같은 지크바르트의 모습에 조마조마해하는 사람은 아델리느뿐만은 아니었다. 알베르나 세브란도 안색이 새파래졌지만, 국왕은커녕 왕비도 만면에 웃음을 띤 채였다.

'아바마마, 국왕의 가면을 쓰고 계시는 게 능숙하시네요' 하고 아델리느가 아버지에게 감탄하자마자, 예상하지 못했던 대포가 발사되었다.

"짐의 부마가 되면 짐의 뜻만으로도 정할 수 있소. 그대, 독신이지 않소? 짐의 딸을 데려가시오. 장녀인 아델리느는 봄의 여신보다 사랑스럽다오."

국왕의 청에 경악했는지 지크바르트는 말문이 막혔다.

말할 것도 없이 국왕의 딸인 아델리느의 심장은 멈추었다. 아니, 멈춘 줄 알았다. 눈앞도 머릿속도 새하얘졌다.

'기다리십시오' 하고 알베르는 끼어들려고 한 모양이었지만, 아슬아슬하게 세브란에게 가로막히고 말았다.

'폐하께서는 정신을 놓으신 건가' 하고 아델리느와의 결혼을 바랐던 명문 공작가의 후계자가 들으라는 듯이 말했다.

주변에서 들려오는 잡음에는 전혀 귀를 기울이지 않은 채, 국왕은 위엄으로 가득 찬 태도로 말을 거듭했다.

"무력 하나에만 매진하는 귀공에게 무역, 즉 장사는 가벼운 것이겠지. 그러나 모다브의 무기는 문화와 예술과 미식과 산업이라오. 짐의 나라에서 동맹과 마찬가지로 무역 조약은 중요하오."

'무역이 모다브의 심장일지니' 하고 말하며 모다브 국왕은 왕족의 품격을 풍겼다. 웨이스데일 제국이라는 군사 대국의 속국이 되지 않고, 자국의 강점을 구사해서 독립을 지켜온 비결이었다.

"당신의 딸은 필요 없고, 원하는 것은 무역 조약이다."

지크바르트는 아델리느를 거들떠보지도 않은 채, 이 이상 없을 만큼 냉혹한 목소리로 말했다.

대연회장을 채운 모다브 왕국의 귀족들이 떠들썩한 소리를 흘렸다. 지크바르트의 대답을 이해할 수 없었기 때문이었다.

"귀공, 짐의 딸을 필요 없다고 말하는 겐가. 짐의 귀여운 딸에게 잘도 수치를 주었구나. 지금 당장 떠나라."

그때까지 미소를 잃지 않았던 국왕이 처음으로 격앙하며 거대한 다이아몬드로 꾸며진 왕의 지팡이를 기세 좋게 내리쳤다.

"모다브 왕국과의 무역 조약이 체결되지 않았기에 볼프스베데 횡국에는 밀매상이 설치고 있다. 머지않아 모다브 왕국 안에서도 문제를 일으키겠지. 문제가 일어나고 나서는 늦다."

지크바르트는 결혼 이야기를 무시하고 무역 조약의 필요성을 담담하게 설명했다. 모다브 왕국 입장에서도 상인들은 시장 확대를 바라 볼프스베데 황국과의 무역 조약을 원했다. 이윤을 추구한 나머지 밀매에 손을 댄 모다브 사람은 적지 않았다.

"짐의 딸은 여기저기에서 바라는 모다브의 비보라오. 그대는 짐의 귀여운 딸을 상처 입힌 것이라오. 당장 떠나지 않겠는가."

"모다브 국왕, 또 뒤로 미룰 셈인가?"

지크바르트가 지긋지긋하다는 듯이 눈을 치켜뜨며 모다브 국왕 특유의 외교 기술을 힐책했다. 그랬다, 지크바르트 측면에서 보면 모다브의 국왕은 허투루 볼 수 없는 책사였다.

"귀공, 조금은 상대의 입장을 고려하게. 왕가에는 체면이 있소."

"고려했기에 오 년을 기다렸다. 더 이상은 기다릴 수 없어."

"짐의 딸이 어디가 불만인 게요?"

국왕이 가리킨 끝에는 방심 상태인 아델리느가 있었다. 지크바르트는 힐끗 곁눈질로 보았을 뿐, 아델리느에 대해서는 한마디도 언급하지 않았다.

지크바르트로서는 노련한 국왕에게 대항할 수 없다는 사실을 깨달았는지, 측근인 빅토르가 조심스럽게 끼어들었다.

"외람되지만 우리 주군께서는 지금까지 네 번이나 결혼해서 네 번 슬픈 결말을 맞이했습니다. 아무리 매력적인 공주님이라고 해도 다섯 번째 결혼을 감행할 수는 없겠지요. 헤아려 주십시오."

빅토르는 한 호흡을 두고서 모다브 국왕을 똑바로 바라보며 말했다.

"······그렇지만 긍지 높은 모다브 국왕의 부마가 되는 일은 최고의 명예입니다. 세간에 이름 높은 아델리느님을 황비로서 맞이하고 싶습니다."

빅토르의 말을 듣고 모다브 국왕은 만면에 미소를 띄웠다.

"처음부터 그렇게 말하면 좋을 것을."

국왕이 만족스럽다는 듯이 느긋하게 끄덕였지만 모다브 왕국의 귀족들은 낮은 신음 소리를 냈다.

단말마와도 닮은 비명에 반응했는지, 아델리느는 간신히 정신을 차렸다. 아버지와 빅토르를 번갈아 바라본 후 처절한 박력을 뿜어내는 지크바르트에게 시선을 멈추었다.

'하필이면 잔학왕이라니 절대로 싫어. 나를 죽일 셈인가. 모다브도 멸망할 거라고' 라며 아델리느는 큰 소리로 외치려 했지만, 어느 새 등 뒤에 선 것인지 국왕의 시종장이 레이스 너머의 손으로 입을 막아버렸다. 곁에는 알베르가 세브란에게 억눌려 있었다.

"아델리느님을 황비로서 맞이했으니 모다브 왕국에 이변이 생기면 볼프스베데 황국군이 달려올 겁니다."

빅토르는 모다브 왕국에 무력을 통한 원조를 약속했다. 만약 다른 나라에 침공당하면 볼프스베데 황국군이 지키겠다고.

원래대로라면 군사력이 약한 모다브 왕국에게 나쁜 이야

기는 아니었다. 다만 잔학왕의 과거와 평판이 너무 나빴다. 그럼에도 불구하고 국왕은 볼프스베데 황국과 정식 동맹을 맺을 셈이었다.

"아델리느의 결혼에 때맞춰서 굳건한 동맹을 맺도록 하시게. 무역 조약은 동맹에 포함하면 되네."

"폐하의 영단에 감사드립니다. 오 년간 계속해서 기다린 보람이 있었습니다."

빅토르가 슬쩍 지크바르트의 등을 두드렸다. 무엇을 생각하는지 알 수 없었지만 지크바르트는 언짢은 표정으로 기사로서의 예의를 표했다. 잔학왕은 다섯 번째 결혼을 할 생각이었다.

'거절하라고' 하고 아델리느는 소리치려고 했지만 시종장의 손에 막혔다.

"지크바르트 3세, 귀공 같은 기사를 부마로 맞이하게 되어 기쁘오."

국왕이 자애로 가득한 미소를 떠올리자, 지크바르트는 거만한 태도로 감사 인사를 늘어놓았다.

"감사합니다."

'감사 따위 안 하잖아' 하고 아델리느는 마음속으로 지크바르트에게 불평을 했다. 잔학왕은 지금까지 아델리느에게 구애하러 왔던 사람들과는 전혀 달랐다.

"결혼식은 성대하게 행하겠노라. 내일 열리는 꽃 축제에서 약혼을 발표해도 좋겠지. 축하 초콜릿 상을 만들도록 하지. 모다브 다이아몬드의 꽃밭을 만드는 것도 괜찮을 게야. 미남미녀이니 빛이 나겠지."

"모다브의 폐하라고는 생각할 수 없는 날랜 행동입니다."

지크바르트가 따끔하게 빈정댔지만 국왕은 태연하게 흘려 넘겼다.

"귀공, 잠시 동안 왕궁에 머무르며 모다브에서 결혼식을 치르지 않겠소?"

준비하라고 말하는 듯이 국왕은 측근들을 향해 왕의 지팡이를 가볍게 내질렀다. 왕비는 수석 시녀와 웨딩드레스 디자이너를 누구로 정할지 이야기를 나누었다. 마치 잔학왕의 무도함을 잊은 듯한 모양이었다.

재상이나 외무대신, 재무대신과 같은 사람들은 잔학왕에게 겁먹었으면서도 국왕에게 따를 뿐이었다. 이 자리에서 당당하게 의견을 표할 배짱 있는 사람은 없었다.

아델리느 본인은 필사적으로 버둥거리려고 했지만, 시종장의 완력과 설득에 참을 수밖에 없었다. 이 상황에서 아바마마의 얼굴에 먹칠을 할 셈이냐고 묻는 시종장의 말에 아델리느는 왕녀의 가면을 쓸 수밖에 없었다.

알베르 역시 국왕인 아버지를 욕되게 할 수는 없었다.

"오늘 밤 나는 모다브를 떠나겠다. 교섭은 빅토르에게

맡기지."

지크바르트는 휘황찬란한 모다브에서 숨도 돌리지도 않고 볼프스베데 황국으로 돌아갈 셈이었던 모양이다. 우선 모다브 왕국군으로서는 할 수 없는 강행군이었다. 빡빡한 계획조차 세우지 않으리라.

"오늘 밤 떠나는 게요? 적어도 내일로 하시오. 내일 아델리느와 결혼을 거행하시오."

국왕의 입에서 튀어나온 갑작스러운 결혼식 발언에는 대연회장에 있던 모다브의 귀족들에게서도 수군거림이 일어났다. 일찍이 이런 결혼식의 결정 방식은 없었다. 물론 이렇게 서두르는 국왕의 모습도 한 번도 본 적이 없었다.

"내일? 오 년 후는 아닌가?"

'모다브 왕국에서는 무슨 일을 정하는 데에도 오 년이 걸리겠지' 하고 지크바르트는 날카로운 시선으로 힐문했다.

"기다리게 해서 미안하오. 더 이상 귀공을 기다리게 하지 않겠소. 오오, 하루라도 귀공을 기다리게 하지 않을게요."

국왕은 이천 종류나 되는 초콜릿을 보았을 때처럼 흥분했다. 당장에라도 쓰러질 것 같아서 무서웠다.

"체면이라는 게 있는 게 아니었나? 개나 고양이도 아니고, 내일 당장 결혼식을 치를 수도 없겠지."

체면과 격식을 중시하는 것은 왕가로서 당연하니 지크바르트의 의견은 지당했다.

"내일은 간단한 식으로 좋소. 정식으로 치르는 식은 볼프스베데 황국에서 하시오. 그렇게 하기로 했으면 느긋하게 굴 수는 없지. 서둘러 과자 장인에게 결혼식용 초콜릿과 케이크를 만들도록 명하라."

'악몽이라도 꾸는 건가. 악몽이었으면 좋겠다. 아바마마의 질 나쁜 농담이었으면 좋겠다' 하고 아델리느는 마음속으로 끊임없이 기도했다.

*   *   *

우왕좌왕하는 사이, 아델리느는 교육 담당인 프랑소와즈와 시녀들에게 이끌려 자기 방으로 들어가 화려한 무도회 의상을 몸에 걸쳤다.

"나는 정말로 잔학왕에게 시집가는 거야? 한 달 만에 일방적으로 이혼당하는 거야? 모다브 왕국과 함께 멸망하는 거야?"

아델리느는 지크바르트의 아내들이 걸었던 비참한 말로를 들었다.

지크바르트는 열네 살에 태어나자마자 정해졌던 약혼자인 바헴 공국의 조피와 결혼했다. 축하 분위기에 둘러싸였던 결혼식으로부터 오 일 후, 아버지인 선황제가 전사함에 따라 지크바르트는 옥좌에 올랐다. 조피는 지크바르트에게 헌신했기에 누구나 인정하는 황비의 귀감이었다고 했다.

그러나 한 달 후, 지크바르트는 조피의 부정을 이유로 이혼했고 종자와 함께 바헴 공국으로 돌려보냈던 것이었다. 조피는 부정은커녕 아무런 잘못이 없었기에 아버지인 바헴 대공은 지크바르트에게 항의를 했다.

그러나 그 즉시 지크바르트는 볼프스베데 황국군을 이끌고 바헴 공국으로 진격했다고 한다.

바헴 대공 부부를 비롯해 전처 조피를 살해한 사람은 지크바르트 본인이었다. 목숨을 구걸했던 바헴 일족과 가신, 여자와 아이에 이르기까지 모두 참살했다.

지크바르트의 첫 출전은 전처의 모국이었고 잔학왕으로서의 개막이었다.

맨 처음부터 지크바르트는 영토 확장을 획책해 바헴 대공가와 혼인 관계를 맺었다고, 사람들은 수군거렸다. 젊은 지크바르트의 두뇌로서 활약한 사람은 지체 낮은 가문이면서도 발탁된 빅토르였다.

지금 현재 바헴 공국은 흔적도 없이 사라져 바헴 대공가에 관련된 사람은 한 사람도 남지 않았고, 그 영토는 볼프스베데 황국의 바하슈타인 지방으로 편입되었다.

그 후 맞이했던 아내들도 판으로 찍어낸 것처럼 같은 운

명에 다다랐다.

"아델리느님, 진정하십시오. 폐하께서는 생각이 있으신 것이겠지요."

프랑소와즈는 아델리느 전용 티아라에 이상이 없는지 점검하면서 말했다.

"대체 무슨 생각?"

아버지에게 묻고 싶었지만 그럴 시간조차 없었다.

"그대로라면 잔학왕에게 모다브 왕국은 멸망했을 겁니다. 우리 모다브 왕국군이 이렇게나 한심할 줄은 꿈에도 몰랐어요."

설령 지크바르트의 바람대로 무역 조약을 체결했더라도, 풍족한 모다브 왕국은 볼프스베데 황국의 사냥터로 변했을지도 몰랐다. 프랑소와즈의 말에는 일리가 있었다.

"……응, 국경 경비군도 에모니엔군도 위세만 좋았지, 적을 보고 싸우지도 않고서 도망쳤지."

군대가 도움이 되지 않는 나라 따위는 지크바르트에게 적당한 사냥감이었다. 그 자리에서 항복을 요구하지 않은 만큼 그나마 나은지도 몰랐다. 볼프스베데 황국의 젊은 병사들은 명백히 모다브 왕국과 싸우고 싶어 했다.

"지크바르트에게 공격받지 않으려면 어떻게 해야 좋을지, 폐하께서는 순간적으로 생각하셨겠죠. 혹시 어쩌면 방심시키려고 아델리느님과의 결혼을 제안하셨을 지도 모릅니다."

"결혼은 거짓이야? 정말로 결혼 안 해도 돼?"

아델리느의 목소리가 들뜨자 프랑소와즈는 방긋 미소 지었다.

"잔학왕의 소문이 진실이라면 아델리느님을 시집보내는 것은 파멸에 다가서는 한 걸음입니다. 총명하신 폐하를 믿어보도록 하시지요."

"잔학왕, 조금도 웃지 않았어."

"볼프스베데 황국의 남자는 그런 타입이 많습니다. 부드러운 타입의 모다브 신사분과는 다릅니다."

아델리느의 머리 위에 다이아몬드로 만든 티아라를 얹고, 가슴께에도 국보인 옐로 다이아몬드 목걸이를 장식했다.

"아델리느님을 보시고서 아름답다고 생각하지 않는 남성분은 없습니다. 왕비님께 감사드리세요."

'언제 어디서나 왕가의 딸로서 자신을 가지고 왕비님처럼 당당하게 행동하십시오' 하고 프랑소와즈는 은연중에 내비쳤다.

아델리느는 커다란 거울에 비친 자신의 모습을 확인했다. 어머니에게서 물려받은 황갈색의 부드러운 머리카락은 시녀의 손으로 예쁘게 땋아 올렸고, 티아라의 존재가 돋보이게끔 레이스 리본이나 작은 꽃으로 장식했다. 드레스에도 평소보다 잔뜩 레이스 리본을 달았다. 평소와 달리 힘이 들어간 것만은 틀림없었다.

"여성의 아름다움은 얼굴 생김새로 정해지는 것은 아닙니다. 몸가짐이나 태도로 정해지는 겁니다. 아시겠습니까? 여성의 긍지를 잃고 고개를 숙이셔서는 안 됩니다."

매일같이 듣던 프랑소와즈의 주의를 아델리느는 차근차근 곱씹었다.

어찌되었든 모다브 왕국을 위해서 잘 처신해야만 했다. 아델리느는 아버지를 믿으며 환영회를 겸한 무도회가 열리는 대연회장으로 향했다.

그러나 정작 중요한 지크바르트를 비롯한 볼프스베데 황국의 병사들은 전부 결석이었다. 모다브 왕궁 외곽에 있는 별궁에 눌러앉아 한 발짝도 나오지 않은 모양이었다.

"……네? 내일 신랑이 되실 지크바르트 폐하께서 결석이라고요?"

프랑소와즈가 눈을 휘둥그레 뜨며 되묻자 무도회 담당을 맡은 다르시 백작이 미간을 누르면서 답했다.

"제아무리 지크바르트 폐하라도 피곤하셨던 모양이신지, 내일을 대비해 오늘 밤은 결석하신다고 연락이 왔습니다. 아델리느님께서는 즐기시라고 전하셨습니다."

아델리느가 대답하기도 전에 프랑소와즈가 비아냥댔다.

"지크바르트 폐하게서는 힘이 넘쳐 보이셨는데요? 아델

리느님께서 약혼자의 에스코트도 없이 참가할 수는 없습니다. 수치를 주실 셈입니까?"

"저도 지크바르트 폐하의 심중은 이해할 수 없습니다. 마치 아델리느님과의 결혼을 거절하시는 듯한 행동……."

'그렇구나. 잔학왕은 나랑 결혼하고 싶지 않은지도 몰라. 나는 결혼 안 해도 될지도 몰라' 하는 생각이 들어 아델리느의 마음은 가벼워졌지만, 프랑소와즈의 아름다운 눈썹이 치켜 올라갔다.

"아델리느님을 싫어하실 남성분이 이 세상에 있겠습니까?"

"실례했습니다. 그런 괘씸한 자가 있다면 결투를 신청하겠습니다."

"약혼자가 결석이라면 아델리느님께서도 따르겠습니다."

프랑소와즈가 한숨 섞으며 재촉하자 아델리느는 자기 방으로 얌전히 물러갔다.

모다브 출신의 저명한 화가가 그린 유화가 몇 점이나 장식된 복도에는 예의범절이 빈틈없는 시녀들이 늘어서 있었는데, 모두가 아델리느에게 동정의 시선을 보냈다.

'나는 동정 받는 입장이 되었구나' 하고 아델리느는 새삼스럽게 자신의 처지를 되돌아보았다. 여태껏 선망의 시선을 받아온 만큼 무어라 말할 수 없는 복잡한 기분이었다.

아델리느의 방에 있는 거실에 들어선 순간 프랑소와즈는 침통한 표정으로 말을 툭 흘렸다.

"지크바르트에게 혼약을 파기당하면 아델리느님께 흠이 생깁니다."

"프랑소와즈, 파기되지 않으면 곤란하잖아."

"분명 잔학왕의 소문이 진실이라면 파기되지 않으면 곤란하겠지만……. 아델리느님께서 지니신 여성으로서의 가치가 떨어지게 됩니다."

프랑소와즈는 처절한 딜레마에 빠졌지만 아델리느는 아껴둔 초콜릿을 먹었더니 기분이 편해졌다.

'이대로라면 잔학왕은 나와의 결혼을 거절할지도 몰라. 거절할 셈일 거야. 거절할 셈이라서 그렇게 쌀쌀맞은 데다 지극히 무례한 거겠지' 하고 생각하며 아델리느는 마음속으로 열심히 기도했다.

어쨌거나 그 무서운 지크바르트의 옆에 선 자신의 모습을 떠올릴 수 없었다. 아델리느는 뇌리에 새겨진 잔학왕의 날카로운 용모를 떨쳐내기 위해 라벤더 크림이 들어간 초콜릿과 스파이스 쿠키를 단숨에 입안으로 집어넣었다.

4장

다음 날 아침, 아델리느는 평상시처럼 침대에서 초콜릿과 와플로 아침 식사를 하고 시녀의 손을 빌려 광택이 있는 녹색 드레스를 몸에 걸쳤다. 약혼자인 지크바르트의 눈동자 색에 맞춰서 고른 색깔의 드레스와 리본이었다. 다만 가슴께를 장식한 목걸이는 에메랄드가 아니라 국보인 알이 커다란 모다브 다이아몬드였다. 이번에 정해진 갑작스러운 약혼에 따라 아델리느가 하사받았다.

"꿈이 아니었구나."

아델리느는 어제 일어난 일련의 사건이 악몽이라고만 여겨졌지만, 자신의 의상실뿐만 아니라 분장실이나 대기실에

높게 쌓인 신부 의상이 사실임을 증명하고 있었다. 고작 하룻밤 만에 이렇게까지 갖출 수 있다는 사실은 기적이라고밖에 말할 수 없었다.

"아델리느님, 시간이 없었음에도 불구하고 훌륭한 물품이 갖추어졌습니다. 이것들은 국왕님과 왕비님의 사랑입니다."

아델리느의 응접실 복도에도 모다브 왕가의 문장이 새겨진 신부 물품이 늘어져 있었다.

"정말로 나는 결혼하는 거야?"

아델리느가 울음을 터뜨릴 것만 같은 표정으로 묻자 프랑소와즈는 똑 부러진 말투로 잘라 말했다.

"국왕 폐하의 말씀은 절대적입니다."

"알고 있어."

아델리느는 신부 물품뿐인 자신의 방을 나와서 가족이 함께 쓰는 거실을 천천히 가로질렀다. 어젯밤과 마찬가지로 시녀들에게서 동정의 시선이 쏟아졌다. 저렇게나 순진한 공주님이 불쌍하다며 오열을 흘리는 시녀도 있었다.

"아바마마와 어마마마는?"

할 수만 있다면 아델리느는 한시라도 빨리 아버지에게 진의를 캐묻고 싶었다.

"국왕의 방에서 기다리고 계십니다."

왕도를 싱그러운 생화로 가득 채운 꽃 축제는 국왕의 인사에서부터 시작된다. 그다음 아델리느와 지크바르트의 결혼식이 치러질 예정이었다.

"지크바르트 3세는?"

여신의 조각이 몇 개나 장식된 연회장은 왕궁 안에서 일반 귀족의 출입이 금지된 경계선에 해당했다. 가족이 쓰는 큰 거실에서 공적인 장소로 발을 내디디려 했을 때, 새삼스럽지만 약혼자의 존재를 입에 담았다.

"슬슬 모습을 드러내시겠지요."

프랑소와즈는 장인이 만든 정교한 천장을 올려다보고 나서 모다브 다이아몬드가 박힌 대리석 기둥을 바라보았다. 마치 아델리느의 시선을 피하는 듯한 모양새였다.

"내 약혼자라면 여기로 나를 맞이하러 오겠지? 어째서 오지 않는 거야?"

아델리느가 왕궁 안 공공의 장소에 모습을 드러내려면 약혼자인 지크바르트의 에스코트를 받으며 나서는 것이 바람직했다. 때문에 지크바르트가 아델리느를 맞이하러 오는 것이 궁정 내의 매너였다.

"피곤하신 모양입니다."

지크바르트는 약혼자인 아델리느를 에스코트할 마음이 없는 듯했다. 애당초 약혼자로 여기지 않는 것인지도 몰랐다.

"나랑 결혼하기가 싫어서 도망쳤어?"

아델리느가 기대로 가슴을 두근거리자 프랑소와즈는 벌레라도 씹은 듯한 표정으로 답했다.

"별궁에서 볼프스베데 황국군이 사라졌다는 보고는 받지 못했습니다."

어제부터 모다브 왕궁 외곽에 있는 화려한 별궁에는 볼프스베데 황국군이 머무르고 있었다. 지크바르트가 나간 기색은 없다고 했다.

"신출귀몰한 볼프스베데 황국군이잖아?"

"아델리느님, 일단 국왕 폐하 곁으로 납시시지요."

프랑소와즈가 재촉하자 아델리느는 국왕이 있는 대연회장으로 향했다.

창가나 복도에도 선명한 생화를 장식해서 어느 때보다 한층 더 왕궁 안이 화사했다. 여성들은 각각 머리카락이나 가슴께에 싱그러운 생화를 장식하고 있었다. 하지만 아델리느의 모습을 보면 누구나가 하나같이 동정했다.

동정한다면 결혼에 반대하라며 아델리느는 마음속으로 외쳤지만, 아무도 얼굴을 맞대고 국왕에게 토를 달지는 않았다.

아델리느가 생화로 가득 찬 국왕의 방에 들어서자 만면에 웃음을 띤 국왕 내외가 있었다. 곁에는 정장 차림을 한 시종장과 재상, 왕태자인 알베르가 있었다.

"아바마마, 어쩔 셈이세요?"

아델리느는 인사도 하지 않은 채 국왕에게 따졌다.

"아델리느, 너도 서둘러 결혼 상대를 정하지 않으면 늦는다."

국왕의 너무나도 뻔뻔한 태도에 아델리느는 어조가 강해졌다.

"얼버무리지 마세요. 어째서 하필이면 내 결혼 상대가 잔학왕인 거죠? 무섭다고요. 웃지도 않는다고요. 당장에라도 검을 휘두를 것 같다고요. 저렇게 무서운 사람은 처음 보았어요."

아델리느의 험악한 기세에도 기죽지 않은 채, 국왕은 위엄으로 가득 찬 태도로 말을 꺼냈다.

"모다브 왕가에 태어난 공주의 의무를 다하거라."

제일왕녀의 의무를 요구하는 데에야 자유롭게 구김살 없이 자라온 아델리느라도 반론할 수 없었다. 정략결혼은 모다브 왕가뿐만이 아니라 각 왕가에 태어나 자란 자의 숙명이었다.

"제가 볼프스베데 황국으로 시집가서 모다브가 행복해진다면 괜찮아요. 그렇지만 잔학왕은 결혼 상대의 모국을 반드시 공격하잖아요."

모른다는 말은 듣지 않겠다며 아델리느는 대드는 듯한 눈으로 국왕을 올려다보았다. 아버지까지 평화병에 들었다고는 여기고 싶지 않았다.

"그렇기 때문에 아델리느, 사랑스러운 네가 시집가는 게다."

국왕의 말을 이해하지 못한 채 아델리느는 눈을 껌뻑거렸다.

"……네? 저도 알게끔 말씀하세요."

'알고 계시리라 생각하지만 저는 오라버니처럼 똑똑하지 않아요' 하고 아델리느는 아무런 부끄러움 없이 당당하게 가슴을 폈다.

"지크바르트에게 공격당해서 멸망하는 것도, 공격당하지 않고 공존하는 것도, 황비로서 시집가는 네가 하기 나름이다."

아니나 다를까 국왕은 아델리느의 작은 어깨에 모다브 왕국의 운명을 짊어지게 하려 했다.

"……무, 무슨 말씀하시는 거예요? 잔학왕과 결혼한 네 사람의 황비는 모두 훌륭했다고 들었어요. 흠잡고 싶어도 흠잡을 수 없었다고 했어요. 그런 멋진 황비들조차 잘 안 풀렸으니 저로서는 무리예요."

"그 점이다, 아델리느. 지금까지 지크바르트 3세의 황비는 모두 황비의 귀감 같은 숙수였다. 그렇기에 네가 나설 차례인 게야. 훌륭한 황비가 될 수 없는 너라면 지크바르트 3세와 화목한 부부가 될 수 있겠지."

국왕의 억지스러운 이론에 아델리느의 머리카락이 곤두

섰다. 아무리 그래도 너무 심하다고.

"아바마마도 평화병이세요?"

아델리느가 악마 같은 형상으로 국왕에게 다가가는 것을 프랑소와즈가 침통한 표정으로 말렸다.

"지크바르트 3세는 그렇게 나쁜 남자가 아니다. 좋든 나쁘든 옛 기질을 품은 기사일 뿐이다."

국왕은 지크바르트가 마음에 든 모양이었고, 왕비도 동의한다는 듯이 맞장구를 쳤다.

아델리느는 매우 사랑하는 양친의 정신을 의심하고 말았다. 역시 평화롭고 풍요로운 나날에 젖어서 어딘가 나사가 하나 풀려 버렸는지도 몰랐다.

"잔학왕이 나쁜 남자가 아니라면 이 세상에 나쁜 남자는 없어요."

지크바르트가 걸어온 길에도 앞으로 걸어갈 길에도 사람의 시체가 굴러다닌다고, 모국을 잃은 귀공자들은 씁쓸하게 입을 모았다.

"지크바르트 3세는 네 약혼자다. 그 불길한 별명을 두 번다시 입에 담아서는 아니 되느니라."

국왕이 부드럽게 타이르자 아델리느의 눈빛이 가라앉았다.

"……지크바르트 폐하를 믿으시는 거예요?"

지크바르트는 동맹 파기나 배신의 상습범이기도 했다.

정식으로 동맹을 맺어도 지크바르트는 일방적으로 파기하고 말았다. 무엇보다 신뢰할 수 없는 남자였다.

"지크바르트 3세를 믿기에 귀여운 너를 내주는 게다. 볼프스베데 황국과 모다브 왕국의 다리가 되어다오."

국왕에게 손을 잡혀 아델리느가 기가 죽었을 때 정장 차림을 한 알베르가 끼어들었다.

"지크바르트 3세와 우호 관계는 맺을 수 없겠지요."

알베르의 신랄한 의견을 듣고 아델리느는 새파랗게 질렸지만, 국왕은 넓은 도량으로 미소 지었다.

"알베르, 네 마음도 잘 알지만 전 약혼자에 대한 일은 잊어라. 침공 받아 멸망한 슈베르니 왕국에도 잘못은 있었느니라."

슈베르니 왕국에서 원조 요청을 받은 후 고열이 나서 몸져누웠던 국왕이 처음으로 비판 어린 의견을 입에 담았다. 국왕은 어떤 자리에서도 지금까지 한 번도 슈베르니 왕국을 나쁘게 말한 적이 없었다.

'나쁜 쪽은 아무런 이유도 없이 동맹을 깨고 침공한 지크바르트겠죠' 하고 말한 아델리느가 아니더라도 누구든 그 말에는 놀랄 수밖에 없다. 슈베르니 왕국은 지크바르트의 동맹국으로서 절도 있는 태도를 계속해서 유지했다는 평판이었다.

"슈베르니 국왕에게 어떤 잘못이 있었는지 가르쳐 주십

시오."

알베르가 감정을 억누르며 묻자 국왕은 아무렇지도 않은 일인 양 가볍게 말했다.

"지크바르트 3세에게 침공할 요인을 부여한 점이다."

아델리느는 말문이 막혔지만 알베르는 모양 좋은 미간을 찡그리며 되물었다.

"아바마마, 아델리느를 시집보내는 일이 지크바르트 3세에게 침공할 요인을 부여하는 것은 아닐는지요?"

슈베르니 왕국의 제일왕녀가 지크바르트의 네 번째 아내였다. 그녀는 동맹의 증거로서 지크바르트의 황비 자격으로 시집갔다.

"침공할 구실이 되지 않게끔 아델리느가 노력해야 한다."

어떻게 노력하면 되느냐고 아델리느가 따지고 들기 전에 알베르는 빈정거리듯이 말했다.

"이쪽이 환대하려고 해도 독이 들어 있다고 착각한 지크바르트 3세 이하 볼프스베데 황국군의 사람은 아무도 식사에 손을 대지 않았습니다."

지크바르트뿐만이 아니라 볼프스베데 황국의 병사들은, 왕궁 전속 요리사가 실력을 발휘한 일품요리를 입에 대지 않았다고 했다. 와인이나 맥주는 말할 것도 없고 초콜릿이나 와플도 거들떠보지 않은 채, 가지고 있던 맛없어 보이는

군용 식량을 묵묵히 먹었다는 모양이었다. 독살을 우려한 듯했지만 그만큼 모다브 왕국을 믿지 않은 것이리라.

"옛 기질을 품은 기사란 그런 것이니라."

독이 섞이면 그것을 대번에 알게끔 모다브 왕궁 안은 모두 은 식기를 갖추어 사용하고 있었다. 국왕의 식사 시에는 독의 유무를 미리 확인하는 사람도 있었다. 아무런 위기감도 없이 여기저기에 있는 초콜릿을 집어 먹던 아델리느 역시 독극물의 무서움만은 교육 담당으로부터 철저히 교육받았다.

"지크바르트 3세는 기사가 아니라 황제입니다. 차라리 기사라면 다행이지요."

"이것 참, 새삼스럽게 말해도 별수 없는 소리를……."

"지크바르느 3세는 제 여동생에 대한 태도가 너무 냉담합니다. 기사의 매너가 아닙니다."

알베르가 지크바르트의 태도를 탓하자 국왕은 높게 웃어넘겼다.

"……음? 아델리느가 너무나도 사랑스러워서 부끄러워하는 것일 게야."

'그렇게 귀여운 남자가 아니에요' 하고 아델리느는 말참견하려 했지만 프랑소와즈에게 가로막히고 말았다.

"이런 상황이라면 신랑이 결혼식에 불참할 듯합니다."

알베르가 충분히 있을 법한 지크바르트의 행동을 지적하

자, 그 자리에 있던 자들 사이에 동요가 퍼졌다.

말할 것도 없이 아델리느는 활짝 웃는 얼굴이 되었다. 신랑이 줄행랑을 친 신부라고 불린다 해도 아델리느는 아무렇지도 않았다. 얼음 같이 차가운 지크바르트와 결혼하는 공포에 비하면 몇 배나 나았다.

"신랑이 없는 결혼식은 문제로다."

그럴 우려는 없겠지 하고 국왕은 왕비에게 동의를 구하려는 듯이 웃었다. 국왕 내외는 지크바르트가 꽤 마음에 든 모양이었다.

"아바마마께서는 지금까지 아델리느에게 들어온 수많은 혼담을 거절해 오셨습니다. 때문에 아바마마께서도 저와 마찬가지인 마음이라고 생각했습니다."

이 나이에 약혼자가 정해지지 않은 왕가의 딸은 드물었다. 막대한 지참금을 바랄 수 있는 공주라면 더욱 그랬다.

"아델리느는 귀여우니 어디에도 시집보내고 싶지 않았다."

국왕이 아버지로서 품었던 심정을 토로하자 왕비가 즐겁다는 듯이 미소 지었다. 국왕 내외는 힘을 합쳐 아델리느의 혼남을 거절해 왔던 것이었다. 아델리느가 멀리 떠나 버리지 않게끔 결혼 적령기가 오면 나라 안 유력자와 결혼시킬 예정이었던 듯했다.

"아델리느를 곁에 두고 싶어 하셨다는 사실은 압니다.

그래서 충신에게 시집보낼 셈이셨다고 확신했습니다."

알베르가 가리킨 끝에는 알베르가 마음에 들어 하던 카본 공작의 후계자가 있었다. 그의 어머니 쪽은 모다브 왕가의 피를 이어받았기 때문에 가문으로 보아도 손색이 없었다. 오빠의 충신과 결혼해서 모다브 왕국에 머무른다면 아델리느는 지금까지와 마찬가지로 구김살 없이 지낼 수 있었으리라.

"이미 지크바르트 3세로 정했다."

국왕은 일찍이 점찍었던 아델리느의 신랑 후보에게는 눈길도 주지 않았다.

"이 혼담은 모다브의 멸망을 불러들일지도 모릅니다. 네 명의 황비와 마찬가지로 아델리느는 한 달 후 부정을 이유로 이혼당하는 겁니까?"

"아델리느는 부정을 저지를 만한 공주가 아니다."

그런 딸이었다면 여태껏 숨겨둔 연인 하나 쯤은 만들었을 것이라며 국왕은 어떤 매력적인 귀공자에게도 아양 부리지 않았던 아델리느의 태도를 지적했다. 외견은 여성스러워졌어도 속은 아직 어린아이인 채였다.

"지크바르트의 네 황비에게도 부정의 증거는 없습니다. 완전히 지크바르트 3세의 트집이라고 합니다만."

"지크바르트 3세에게 이혼을 통보받은 황비가 어리석었던 게야. 아델리느는 그런 어리석은 행동은 하지 않을 게다."

국왕의 도를 넘은 이야기에 아델리느의 열린 입은 다물어지지 않았지만, 알베르는 고뇌에 찬 표정으로 답했다.

"아델리느는 귀여운 여동생입니다만, 어리광을 너무 받아준 탓인지 총명하지도 않거니와 부지런하지도 않고 장난을 좋아해서……. 어디에 내놓아도 부끄럽지 않은 여동생이 아니라 어디에도 내놓을 수 없는 여동생이라서, 그렇기에 아델리느가 아델리느로 계속 남아 있을 수 있게끔 진심으로 신뢰할 수 있는 충신에게 시집보내고 싶었습니다."

알베르의 말은 어디까지나 신랄했지만 오빠가 주는 대가 없는 사랑으로 가득 차 있었다. 자유분방한 아델리느에게 애를 먹었던 프랑소와즈의 눈이 촉촉이 젖었다.

'못난 여동생이라 미안하네요' 하고 아델리느는 날름 혀를 내밀었다.

왕태자가 우수하니 아델리느는 그래도 된다는 무언의 마음이 모다브 왕궁 안에는 흐르고 있었다. 그렇지만 지금 그 영명한 알베르가 공공연하게 국왕을 거슬렀다. 알베르가 아니었다면 국왕에 대한 불경죄가 될지도 몰랐다.

"알베르, 짐과 아델리느를 믿거라."

국왕이 옳고 그름을 따지고 들 수 없을 만큼 조용한 위엄을 내뿜었지만, 지크바르트에게 불신감을 품은 알베르는 물러서지 않았다.

"지크바르트 3세와 아델리느의 결혼에 반대합니다. 아

델리느와 모다브를 위해서 생각을 바꾸시기 바랍니다."

"짐의 뜻은 바뀌지 않는다. 아델리느는 대륙에서 제일가는 모다브 다이아몬드를 들려서 시집보낼 것이야."

"아바마마, 아름다운 모다브 왕가의 역사를 끝마치실 셈이십니까. 경애하는 아바마마께서 무능하다고는 생각하고 싶지 않습니다."

알베르의 통렬한 말에 장엄한 국왕의 방은 매우 고요해졌지만, 곧바로 아델리느의 스스럼없는 목소리가 울려 퍼졌다.

"오라버니의 말대로인지도 몰라요. 훌륭한 아바마마라고 생각하고 있었는데 혹시 무능하신 거예요? 무능하셔서 저와 지크바르트 3세의 결혼을 정하신 거예요?"

'아델리느님' 하고 프랑소와즈는 아델리느가 손으로 음식을 집어 먹는 것을 나무라던 때와 같은 눈빛으로 아델리느의 등을 슬며시 찔렀다.

'아무리 알베르님이시라도 말씀이 지나치십니다' 하고 말하고 싶은 듯이 국왕의 시종장이 일부러 내는 듯한 기침을 했다. 시종장은 예전부터 아델리느에게는 약해서 사소한 일로는 흠을 잡지 않았다.

흥분한 알베르를 진정시키는 일은 세브란의 역할이었다.

"알베르 전하, 아델리느님과 모다브를 사랑하시는 마음

은 알겠습니다만 국왕 폐하의 어전입니다. 말씀을 삼가시지요."

세브란이 타일러도 알베르는 호전적인 눈빛을 유지했다.

"아바마마, 지크바르트 3세에게 찍히면 끝이라고들 합니다. 이대로는 지크바르트 3세에게 모다브가 멸망당합니다. 지금 모다브 왕국군을 총동원해 지크바르트를 포위하면……."

알베르의 말을 가로막듯이 국왕은 높은 소리로 말했다.

"알베르, 지크바르트 3세와는 동맹을 맺었다. 동맹국을 의심해서는 아니 되느니라. 두 번 다시 그런 발칙한 생각은 하지 말아라."

지크바르트는 전군을 이끌고 모다브 왕궁에 들어선 것은 아니었다. 아무리 나약해도 모다브 왕국군 전부를 집결하면 백전백승의 지크바르트를 쓰러뜨릴 수 있을지도 몰랐다. 온화한 알베르가 떠올린 것이라고는 생각할 수 없는 강경론에 아델리느는 턱이 빠질 뻔했다. 재상이나 대신들은 깜짝 놀랐는지 당장에라도 졸도할 분위기였다.

"아바마마, 모다브 왕국 최내의 위기입니다."

알베르가 계속해서 철저 항전을 주장하려 했을 때, 아델리느와 지크바르트의 결혼식을 맡은 담당자인 다르시 백작이 비통한 표정으로 찾아왔다. 그리고 지크바르트와 측근들이 볼프스베데 황국으로 돌아갔다는 소식을 알렸다.

따질 새도 없이 아델리느를 필두로 모두가 얼떨떨하게 그 자리에 못 박혔다. 맨 처음 정신이 되돌아온 사람은 아델리느의 교육 담당인 프랑소와즈였다.

"신랑이 결혼식에 출석하지 않고 나라로 돌아가다니 무슨 생각일까요. 지크바르트 3세는 어디까지 아델리느님을 우롱할 셈이죠?"

프랑소와즈의 몹시 험악한 모습을 보고 아델리느는 정신을 차렸다. 물론 슬프다거나 하지는 않았다.

"나는 이걸로 결혼하지 않아도 되겠네요. 신랑이 도망쳤는걸요."

아델리느가 드레스 자락을 쥐고 팔랑팔랑 흔들자 프랑소와즈는 분한 마음에 눈물을 흘렸다.

"아델리느님, 기뻐하실 상황이 아닙니다. 지크바르트 따위에게 흠이 나신 거라고요."

프랑소와즈는 한 호흡 쉬고 나서, 다르시 백작을 이 이상 없을 만큼 차가운 눈으로 노려보았다.

"……그래서 다르시 백작, 지크바르트 폐하와 아델리느님의 결혼식은 어찌 되는 겁니까?"

"멋대로 하라고 지크바르트 폐하는 말씀하셨습니다."

다르시 백작의 말을 이해할 수 없었던 사람은 아델리느뿐만이 아니었다. 재녀인 프랑소와즈도 몰랐던 모양이었다.

"……네? ……네? 제가 잘못 들은 거겠죠? 멋대로 하라? 명색이 일국의 왕이면서 다른 나라의 왕녀에게 할 말은 아닙니다."

프랑소와즈가 분통해하는 것도 무리는 아니었던 것이, 지크바르트의 말은 상식을 벗어났다. 애당초 모다브 국왕의 한마디로 정해진 결혼도 평범하지는 않았지만.

'멋대로 하라. 멋대로 해도 되는 거지. 나는 결혼하고 싶지 않아' 하고 생각하며 아델리느는 지크바르트의 말을 말 그대로 받아들였다.

그러나 알베르와 프랑소와즈의 안색은 대단히 나빴다. 특히 다르시 백작에게는 당장에라도 심장이 멎을 것만 같은 분위기가 떠돌았다.

"아델리느님께서는 오늘 중으로 모다브 왕국을 출발해 볼프스베데 황국으로 시집오도록 하시라고 시종장인 빅토르님께서 말씀하셨습니다. 볼프스베데 황국에서 아델리느님의 경호를 위해서 병사를 남겨두었습니다. 책임자는 로데리히 볼프 폰 아이히베르그 경, 지크바르트 폐하의 사촌 동생에 해당하는 높은 무용을 자랑하는 기사입니다."

지크바르트의 참모인 빅토르는 아델리느와의 결혼을 밀어붙여 볼프스베데 황국의 황비로 맞아들일 셈인 듯했다. 아델리느의 경호 담당자로서 남은 사람은 지크바르트의 측근이자 볼프스베데 선황제의 여동생을 어머니로 둔 로데리히였다. 인선은 적확했지만 그 이외의 사안이 너무 심했다.

"오늘? 오늘, 출발하라고 말씀하셨습니까?"

프랑소와즈의 목소리가 갈라졌고 주변에 있던 재상들로부터 떠들썩함이 흘렀다. '아델리느님께서는 마을 아가씨가 아닙니다'라고 재무대신이 지극히 당연한 불만을 입에 담았다.

"볼프스베데 황국의 사내는 성급하군요. 공격하는 것도 물러서는 것도 빠릅니다. 모다브와는 다르군요."

"다르시 백작, 그런 무리한 요구를 받아들이셨나요?"

"그것이, 대꾸를 하기 전에 가버리셨습니다. 그야말로 바람 같이 재빨랐습니다."

빅토르는 제 할 말만 하고 별궁에서 떠나가 버렸다고 한다. 모다브 국왕에게 한마디 인사도 없다니 비상식에도 정도가 있었다. 그야말로 전쟁 발발의 방아쇠가 될 수도 있는 일이었다.

"감탄할 때입니까."

프랑소와즈가 새된 목소리를 지르자, 국왕은 쾌활하게 웃으며 말했다.

"프랑소와즈, 다르시 백작을 나무라는 것도 불쌍하도다. 서둘러 아델리느가 떠날 준비를 시켜라."

국왕의 절대적인 명령에 측근들은 움직이기 시작했지만, 정작 중요한 아델리느는 받아들이지 않았다.

"……아, 아바마마, 제게 지크바르트가 있는 곳으로 가라고 말씀하시는 거예요? 멋대로 하라고 말했다고요. 제멋대로 해도 되잖아요."

아델리느는 프랑소와즈를 뿌리치고 국왕의 진득한 소매를 힘껏 잡아당겼다.

"아델리느, 잘 들어라. 지크바르트는 부끄럼쟁이에 서투를 뿐이니 네가 잘 처신해야 한다. 네 어머니는 항상 순수한 사랑으로 짐을 감싸 주었노라. 너는 항상 어머니를 본받아라."

국왕은 아델리느의 뺨에 스치기만 하는 다정한 키스를 했다. 왕비는 아델리느의 좌우의 뺨에 키스를 했다. 국왕 내외가 하는 이별의 키스였다.

"아바마마와 어마마마의 결혼과, 저와 지크바르트의 결혼은 전혀 다르잖아요. 저는 신랑이 도망쳤다고요. 저는 지크바르트의 취향이 아니었다고요."

"어째서 도망쳤는지 지크바르트에게 듣도록 해라."

국왕의 명에 질질 끌려가는 모양새로 아델리느는 국왕의 방을 나왔다. 알베르가 막으려고 했지만 측근들이 뒤에서 그의 양팔을 잡았다.

"아바마마? 지크바르트가 도망쳐 주었으니 살았잖아요. 쫓아갈 필요는 없잖아요."

"아델리느, 지크바르트를 행복하게 해주려무나. 짐은 네 어머니 덕분에 행복하다."

"지크바르트는 아바마마 같은 사람이 아니에요. 무리라고요."

"짐도 지크바르트도 근본은 마찬가지다. 고독한 남자로다. 지크바르트의 고독을 치유해 주는 것은 아델리느의 역할인 게야."

아델리느의 저항도 허무하게, 여차저차 하는 사이에 아델리느는 호화로운 마차에 태워지고 말았다.

주변에는 드센 볼프스베데 황국군의 병사가 둘러쌌다. 그중 한층 눈에 띄는 금발의 청년이 경비 책임자인 로데리히였다. 그는 지크바르트와 마찬가지로 붙임성이라곤 한 톨도 없었던 데다 아델리느에 대한 경의는 전혀 느껴지지 않았다.

"아델리느님, 어디든지 저는 아델리느님을 따라가겠습니다. 무슨 일이 있어도 지켜 드릴 테니까요."

프랑소와즈는 교육 담당이 아니라 수석 시녀 자격으로 아델리느와 함께 볼프스베데 황국으로 향했다.

"자, 잠깐 기다려요오."

아델리느의 절규는 마차 소리로 덧없이 사라졌다.

5장

　어지러운 전개에 따라갈 수가 없어서 아델리느는 마차 안에서 축 늘어졌다. 마차의 창문에서 바라보는 모다브 왕국의 거리가 너무 아름다워서 울적해졌다. 이미 프랑소와즈에게 불평할 기력도 없었다.

　풍경이 붉은빛으로 물들었을 무렵, 아델리느는 오늘 밤 머무를 곳인 국왕 소유의 고성에 도착했다. 호화찬란한 모다브 왕궁과는 다르게 섬세한 데다 우아하고 아름다운 분위기가 감돌았다. 피크닉에서 돌아오는 길에 몇 번인가 들렀던 고성이었다. 아델리느는 우울함으로 견딜 수 없었지만 고성의 관리인이 마음을 써 준비한 일품요리와 디저트를 비웠다. 이제 와서 도망칠 방도도 없다 싶어 침대에서 눈을 감았다.

그런 날이 사흘 이어지자 마차에서 바라보는 풍경은 한산한 시골 풍경으로 바뀌었다. 오가는 사람의 모습보다 들새나 야생 토끼 쪽을 보는 일이 더 많았다. 내일은 국경을 넘어 볼프스베데 황국으로 들어선다.

"프랑소와즈, 마차를 계속 탔더니 허리가 아파."

아델리느가 혼잣말처럼 흘리자 프랑소와즈는 걱정스럽게 말했다.

"휴식을 취하시겠습니까?"

"로데리히가 째려보는 건 싫어."

자지도 쉬지도 않고 말로 질주하는 볼프스베데 황국군의 병사들은 아델리느나 프랑소와즈 같은 여성에 맞춘 주행에 불만인 듯했다. 경비 담당자인 로데리히는 명령을 거스르지 않고 따랐지만, 날카로운 두 눈은 얼음처럼 차가웠다. 과연 지크바르트의 사촌 동생이라고 실감할 수밖에 없었다.

"슬슬 오늘 밤의 숙박지에 도착할 겁니다."

프랑소와즈가 살며시 말하자마자 황혼빛으로 물든 풍경 속에 왕비가 소유한 백아의 성이 떠올랐다. '여왕의 성'이라는 별명을 가진 대로 모다브 왕비를 나타낸 듯한 훌륭한 외견의 성이었다.

성의 관리자는 눈물지으며 아델리느를 맞이했고 로데리히를 비롯한 볼프스베데 황국군의 병사도 환대해 주었다. 아델리느의 결혼을 축복하기 위한 것인지 성안은 곳곳에 화사한 생화로 장식되어 있었다.

아무런 문제없이 고요한 밤을 맞이했다.

"아델리느님, 무슨 일이 있으면 곧바로 불러 주십시오."

프랑소와즈가 취침 인사를 하고 나서 물러가자 아델리느는 모다브 레이스로 꾸민 천개 달린 침대에서 눈을 감았다.

내일은 마침내 볼프스베데 황국이라며 아델리느가 암담한 기분에 시달리고 있을 때, 땅을 기어가는 것만 같은 나지막한 목소리가 들려왔다.

"일어나라."

어느새 와 있었는지 새까만 방에서 사람의 기척을 느꼈다.

"누구? 프랑소와……."

아델리느는 프랑소와즈를 부르려고 했지만 커다란 손이 입을 막아버렸다.

"소란 피우지 마."

아델리느는 움직이는 손발을 버둥거렸지만 낮은 목소리를 낸 사람은 꿈쩍도 하지 않았다. 어디를 어떻게 했는지는 몰랐지만, 오른손만으로 아델리느의 몸을 억누른 것이었다.

"소란 피우지 말라고 그랬지 않나. 멍청하긴."

밤에 왕녀의 침실로 숨어들다니 범상치 않은 무뢰배임은 확실했다. 아델리느는 굴욕감과 초조감에 사로잡혔다. 하늘과 땅이 뒤집혀도 모다브 왕가의 긍지를 더럽혀서는 안 된다. 아델리느는 낼 수 없는 목소리 대신에 필사적인 몸부림으로 손발을 움직였다. 옆방에는 프랑소와즈와 시녀가 대기하고 있을 터였다.

"건방진."

불이 확 들어와 간신히 아델리느는 누가 나타났는지 알았다. 검은 군복으로 몸을 감싼 잔학왕, 볼프스베데 황국의 지크바르트 3세였다.

잔학왕에게 죽는구나 싶어 아델리느는 몸이 굳었다. 어째서 이 자리에서 죽는 것인지 불합리하다는 마음으로 가득해졌다. 적어도 마지막으로 입을 막은 지크바르트의 손을 깨물고 싶었다.

"내 질문에 답해라."

지크바르트의 커다란 손이 아델리느의 입에서 떨어졌다.

"……윽……. 헉……. 헉……."

아델리느의 호흡은 흐트러졌고 생리적인 눈물이 눈에서 흘러내렸다. 거리낌 없는 지크바르트의 시선이 화가 나서 견딜 수 없었다.

"모다브 왕국의 제일왕녀, 내 질문에 답해라. 모다브 국왕의 목적은 뭐냐?"

지크바르트는 침대에 누운 상태인 아델리느에게 거만한 말투로 말했다. 사죄도 없거니와 배려하는 시선도 없었고, 아델리느의 잠옷 차림에 망설이는 기색도 없었다. 모다브 왕국에서라면 극형에 처할 행위였다.

"……윽."

아델리느의 호흡은 거칠었고 몸에 힘이 들어가지 않았지만 필사적으로 상체를 일으켰다. 망측한 잠옷 차림을 가리려는 듯이 모포를 뒤집어썼다. 모다브 왕가의 자존심 때문이었다.

"모다브 국왕의 목적은 뭐냐?"

지크바르트의 냉혹한 시선이 꿰뚫어 보자 아델리느는 정신을 잃어버릴 뻔했지만 가까스로 버텼다. 이 자리에서 쓰러질 수는 없었다.

"……응……."

아델리느는 대꾸하려고 했지만 지크바르트에 대한 공포가 컸는지 혀가 잘 돌아가지 않았다.

"다시 묻겠다, 모나브 국왕의 목적은 뭐냐?"

더욱더 지크바르트의 목소리 톤이 나지막해졌다. 당장에라도 아델리느를 향해 검을 내리칠 것만 같은 분위기였다. 아니, 지크바르트라면 맨손으로 아델리느의 목뼈를 부러뜨리리라.

"……이, 이, 이, 이, 이, 이건 무슨 짓이죠?"

꼴사납게 갈라지긴 했지만 아델리느의 목소리는 제대로 지크바르트에게 전해진 모양이었다.

"너에게 질문할 권리는 없다."

지크바르트가 죄인을 보는 듯한 눈으로 노려보자 아델리느는 말채찍으로 얻어맞은 듯한 감각에 빠졌다.

"……네?"

"내 질문에 답해라. 모다브 국왕의 목적은?"

지크바르트의 불손한 태도에 아델리느의 여성으로서의 자존심이 꿈틀거렸다. 아무리 그래도 너무 심했다. 말할 것도 없이 지금까지 이런 꼴을 당한 적은 한 번도 없었다. 모다브의 남성이라면 결코 하지 않을 일이리라.

"갑자기 방으로 숨어들어 와놓고 그런 태도는 너무하잖아요? 아무리 저라도 그런 무례를 범하지는 않아요……. 아, 어린 시절에 오라버니의 방에 숨어든 적은 있지만 입을 막지는 않았어요."

무섭지만 눈을 피할쏘냐 하고 아델리느는 커다란 황갈색 눈으로 지크바르트를 똑바로 바라보았다. 마침내 자유로워진 오른팔로 지크바르트의 어깨를 힘껏 두드렸다. 왕족은 고사하고 숙녀의 매너도 아니었지만 지크바르트의 태도에 무언가 나사가 빠져 있었다.

"확인하고 싶은 점이 있어서 찾아왔다."

아델리느의 험악한 태도에 주눅드는 기색은 없었지만, 지크바르트는 갑작스러운 방문의 이유를 담담하게 밝혔다. 미안해하는 기색은 전혀 없었다.

"조금 더 등장하는 방법을 바꿔주세요. 볼프스베데 황국의 황제는 도적인가요?"

아델리느가 비아냥거렸지만 지크바르트의 표정은 변하지 않았다.

"너는 나에게 훈계할 수 없다."

명색이 약혼자에게 던질 대사는 아니었다. 확인할 필요도 없이 다른 나라의 왕녀에게 할 말도 아니었다. 모다브국왕이나 알베르는 귀족 여성뿐만이 아니라 신분이 낮은 여성에게도 친절하게 대했다.

"볼프스베데 황국에는 그런 법률이 있어요? 모다브에는 없어요."

"쓸데없는 소리 하지 마."

"쓸데없는 소리가 아니에요. 아무리 그래도 너무해요."

아델리느는 분통함에 눈물이 가득 차올랐지만, 지크바르트의 태도는 한결같았다.

"다시 한 번 묻지. 모다브 국왕의 목적은 뭐냐?"

집요하게 반복하는 지크바르트의 질문에 아델리느는 어이없어 하면서 손을 팔랑팔랑 흔들었다.

"아바마마의 목적? 저도 몰라요."

'아바마마께서는 누구보다도 심하게 평화병에 드셨는지도 몰라요' 하고 아델리느는 이번에 벌어진 일련의 소동을 통해 생각했다. 지크바르트와의 결혼에 깊은 생각이 있었다면, 자세하게 가르쳐주었으면 싶은 기분이었다.

"모다브 국왕의 제일왕녀에게 부여된 사명은?"

여전히 지크바르트의 표정도 추궁도 변함없었다.

"……네? 제 사명? 아바마마께서는 '지크바르트 3세를 행복하게 해주려무나' 하고 말씀하셨어요."

스스로도 영문을 알 수 없었지만 아델리느는 떠날 때 국왕이 절절하게 했던 말을 입에 담았다.

두 사람 사이에 침묵이 깔렸다.

지크바르트는 무표정을 유지한 채로 얼음 조각처럼 굳었다. 아무래도 제법 경악한 모양이었다.

"지크바르트 폐하? 왜 그러세요? 제 사명은 모다브 왕국과 볼프스베데 황국의 우호예요. 그 이상은 듣지 못했어요. 그렇지만 지크바르트 폐하의 태도를 생각하면 그게 제일 어려울 것 같아요."

이델리느는 분한 나머지 정교한 모나브 레이스와 리본이 달린 베개를 두드렸다. 지크바르트에 대한 공포보다 분노 쪽이 강했던 것이다.

"……"

"갑자기 밤에 숨어들어 오는 행동이 볼프스베데 황국의 풍습인가요? 언제 어디서나 신출귀몰한 건가요? 모다브 왕국을 갑자기 공격하는 것은 그만두셨으면 해요. 모다브의 국민은 서로 협력해서 행복하게 살고 있다고요."

신출귀몰이라는 수식어가 거짓은 아니라고 아델리느는 새삼 실감했다. 모다브 왕국의 사람은 누구라 해도 흉내 낼 수 없었다.

"……."

"지크바르트 폐하, 듣고 계세요?"

머리끝까지 피가 오른 아델리느는 함께 자고 있던 인형을 움켜쥐어 지크바르트의 듬직한 가슴을 때렸다.

"……아아."

지크바르트는 찡그린 표정으로 목소리를 냈지만 아델리느는 손에 든 인형으로 두 번째 공격을 선보였다.

"제대로 대답하라고요."

"아아."

지크바르트의 표정이나 음성에는 아무런 감정도 담겨 있지 않았다.

"그게 아니잖아요? 제가 한 말에 대답하세요."

"아아."

"제 말 들려요?"

아델리느가 인형을 안은 자세로 따지고 들자 지크바르트

는 거만한 태도로 말했다.

"너, 모다브의 최선봉이겠지. 볼프스베데 황국은 모다브 따위에게는 지지 않는다. 이대로 모다브 왕궁으로 물러가 라."

일순 아델리느는 지크바르트가 무슨 이야기를 하는지 이해할 수 없었다. 마치 모다브 왕국이 볼프스베데 황국을 노리는 것만 같은 말투였다.

"……네? 모다브의 최선봉? 아까부터 이상해요."

아델리느가 물고 늘어지는 듯한 눈빛으로 들여다보자 지크바르트는 언짢은 표정으로 말했다.

"나는 모다브 국왕의 속내를 모를 정도로 어리석지는 않다."

"아바마마의 속내? 평화병에 든 아바마마께 어떤 속내가 있어요? 모다브의 재상도 대신들도 모두 평화병에 걸렸어요."

아델리느의 입에서 나온 말이 낯선지 지크바르트의 녹색 눈동자가 크게 흔들렸다.

"……평화병?"

헤아려 보건대 볼프스베데에서는 누구도 입에 담지 않는 말이리라. 그러고 보면 경비 담당인 볼프스베데 황국의 병사들은 항상 신경을 곤두세우며 나무들의 가지에 앉은 새의 기척에도 민감하게 반응했다.

"모다브는 줄곧 평화로웠어요. 모다브 왕국군은 실전을 모르고 국민은 기근도 몰라서 아사자도 나오지 않았어요. 도적이라든가 살인이라든가 그런 심각한 사건도 별로 없어요."

볼프스베데 황국은 뒤숭숭한 사건이 많이 발생하는 데다 기근에는 아사자도 나온다고 들었다. 대륙 제일의 권세를 자랑하는 웨이스데일 왕국조차 치안은 좋지 않았다.

"모다브 왕국은 여태껏 다른 나라의 침공을 막아왔다. 얕볼 수 없지."

어떤 근거가 있는지는 알 수 없었지만 모다브 국왕에 대한 지크바르트의 경계심은 대단했다.

"정말로 얕볼 수 없는 나라예요?"

그렇다면 좋겠다고 생각하며 아델리느는 싸우기 전에 도망친 모다브 왕국군을 뇌리에 다시 떠올렸다. 사태를 정확하게 파악하지 못한 채 쓸데없이 시간을 낭비하는 대신들도 눈앞에 스쳐 지나갔다. 어디를 어떻게 이 잡듯이 뒤져봐도 지크바르트가 경계할 만한 요인은 찾을 수 없었다.

"네 아버지에게 오 년 동안 계속해서 뒤통수를 맞았다."

지크바르트는 가지고 있는 인내력을 짜내어 오 년이라는 세월을 지낸 모양이었다. 찌릿찌릿한 감각이 전해져 왔다.

"오 년은 길긴 하지만, 그저 단순히 정하지 못했을 뿐인지도 몰라요. 어전 회의의 의제 대부분은 초콜릿과 와플이에요. 봄이라면 화이트 아스파라거스 요리도 곧잘 의제로 올라와요."

아델리느가 왕궁 안의 실정을 태연하게 밝히자 지크바르트는 매서운 눈을 가늘게 떴다.

"시시한 농담은 그만둬라."

지크바르트가 어째서 거짓말이라고 단언하는 건지 아델리느는 곤혹스러워졌다. 모다브 왕궁 안에서는 상식이었다.

"거짓말이 아니에요. 정말이라고요."

"그런 시시한 회의가 어디에 있나."

"……어? 볼프스베데 황국에는 감자뿐이라고 들었어요. 화이트 아스파라거스라고 알아요? 하얗고 부드러운 아스파라거스인데, 데쳐서 진한 버터 소스와 함께 먹으면 맛있어요. 봄의 즐거움이에요. 겨울의 즐거움은 치커리예요. 치커리를 쪄서 베이컨이나……."

아델리느는 친절하고 자세하게 치커리 그라탕에 대해서 설명하려고 했지만, 떫은 표정을 한 지크바르트가 냉정한 목소리로 가로막았다.

"식료품을 회의의 화제로 삼는 나라가 어디 있나?"

아무래도 지크바르트는 화이트 아스파라거스도 치커리도 알고 있는 모양이었다.

"있어요."

"식료품을 회의의 화제로 삼는 나라는 나라가 아니다."

지크바르트가 믿어주지 않자 아델리느는 그저 곤혹스러워지고 말았다.

　　"모다브 왕궁에서는 있었어요. 저도 회의에 출석해서 초콜릿의 맛을 본 적이 몇 번이나 있어요. 재상이라든가 외무대신이라든가 재무대신이라든가, 각각 거느린 초콜릿 장인의 초콜릿을 각자 가지고 모여서 맛을 비교하는 거예요."

　　"적당히 해라."

　　지크바르트는 내뱉듯이 말했지만 아델리느는 사실을 늘어놓았을 뿐이었다.

　　"모다브 왕궁을 들여다보라고요. 맨 처음 어전 회의의 의제가 방위라고 해도 십 분도 채 안 되는 사이에 초콜릿 토론으로 변하니까요."

　　'그런 일로 거짓말을 하지 않아요' 하고 아델리느는 지긋지긋하다는 듯이 중얼거렸다. 알베르의 고뇌를 가까이서 보았기 때문인지 무어라 형용할 수 없는 마음에 괴로웠다.

　　"믿을 수 없지만 이 이야기는 이제 됐다. 나는 모다브를 제압할 수 있다."

　　화가 치밀었는지 지크바르트는 악마 같은 형상으로 협박 어린 말을 입에 담았다.

　　"알고 있어요."

　　지크바르트가 그럴 마음이었다면 어제라도 모다브 왕국은 정복되었으리라.

"나는 너에게 죽거나 하지는 않아."

일순 지크바르트가 무슨 말을 하는지 이해하지 못해서 아델리느는 인형을 안은 채 상체를 크게 흔들었다.

"……네?"

'다시 한 번 제가 알게끔 설명해 주세요' 라고 아델리느가 말하기도 전에, 지크바르트는 뱃속에서부터 쥐어짜내는 것만 같은 나지막한 목소리로 말했다.

"만약 내가 죽어도 볼프스베데는 모다브에게 지지 않는다. 기억해 둬라."

마치 지크바르트가 아델리느에게 살해당할 것만 같은 말투였다. 도대체 어디에서 그런 생각이 나오는 건지 아델리느는 물어보아야만 했다.

"……자, 잠깐 기다려요……."

'제가 어째서 지크바르트를 죽이는 거죠. 이런 제가 무서운 잔학왕을 죽일 수 있을 리 없잖아요, 일부러 죽일 상대에게 시집가는 신부는 없어요, 아바마마도 어마마마도 그런 말씀은 한마디도 하지 않았어요' 하고 아델리느는 마음속에서 샘솟아 오르는 마음이 소용돌이쳐서 제대로 말로 표현할 수도 없었다.

"모다브에 돌아갈 거라면 지금이다."

돌아가라고 지크바르트의 날카로운 두 눈은 강하게 말했다.

"······네?"

"내일, 물러가라."

지크바르트는 거만한 시선으로 제 할 말만 하더니 재빠른 동작으로 천개 달린 침대에서 떨어졌다. 그리곤 소리도 내지 않고 바람처럼 아델리느의 앞에서 사라지고 말았다. 이 모든 것들은 정말 짧은 시간 동안 일어난 일이었다.

"······어, 어찌 된 일이지? 꿈은 아니겠지? 지크바르트는 무슨 생각을 하는 거야? 이상하다고."

예상하지 못했던 지크바르트의 언동에 아델리느의 사고 회로는 끊어지기 직전이었다.

"내가 지크바르트를 죽여? 죽일 리가 없잖아······. 그런 무서운······. 무엇보다 어떻게 죽인다는 거지? 무리일 게 뻔하잖아? ······그렇지만 지크바르트는 그렇게 생각하고 있는 거야? 어째서?"

아무리 고민해보아도 답은 나오지 않았다. 마차 여행의 피로 때문인지 곧 아델리느에게 수마가 덮쳐왔다.

"······자자. 내일 초콜릿과 와플을 먹고 나서 생각해야지. 지금 체력을 소모할 상황이 아니야."

우선 내일을 위해서 자는 편이 좋았다. 여기에서 고민해보아도 아버지처럼 고열이 날 뿐이었다.

아델리느는 인형을 안은 채 시트의 물결 사이에서 눈을 감았다.

6장

다음 날 아침, 아델리느는 침대에서 카시스 초콜릿과 싸라기설탕을 뿌린 와플을 아침 식사로 먹은 후 시녀의 손을 빌려 몸단장을 했다. 드디어 내일은 국경을 넘어 볼프스베데 황국으로 들어가는 것이었다.

프랑소와즈도 그렇고 시녀도 그렇고, 아델리느가 몸에 단 보석이나 리본의 선택에 고민했지만 누구 한 사람도 어젯밤 벌어진 일을 입에 담지 않았다. 아무래도 지크바르트가 단독으로 숨어들어 온 것은 그 누구도 눈치채지 못했던 모양이었다.

"프랑소와즈, 어젯밤 말인데……."

아델리느가 망설이는 기색으로 말을 꺼냈지만 프랑소와즈는 상대해주지 않았다.

"아델리느님? 어린아이가 아니니까 얌전히 계시기 바랍니다. 마차에서 내릴 때부터 아델리느님께서는 빛이 나셔야만 합니다. 조금 더 정교한 레이스를 쓴 드레스가 좋을지도 모르겠군요."

"그게 아니라 지크바르트에 대한 일인데, 의사소통이……."

"지크바르트 폐하의 황비는 모두 기품이 감도는 미녀였습니다. 아델리느님께서는 사랑스러움을 전면으로 내세우는 편이 좋겠지요. 역시 밝은색 드레스로 하도록 하지요."

지크바르트에 대해서 상담하고 싶었지만 좀처럼 프랑소와즈와 둘만 있을 수 없었다.

우왕좌왕하는 사이에 경비 담당자인 로데리히의 인사를 받고서 아델리느는 내쫓기듯이 우아한 고성을 뒤로했다.

국경에 접어들자 단숨에 풍경이 황량해졌다. 모다브 왕국다운 고즈넉한 분위기가 사라지고, 볼프스베데 황국을 나타내는 듯한 황야가 펼쳐진 것이었다. 아델리느는 무시무시한 먼지를 보고 새된 비명을 질렀다.

프랑소와즈도 괴롭다는 듯이 얼굴을 찡그렸지만, 결코 불평을 흘리지는 않았다. 아델리느가 앞으로 지크바르트에게 시집갈 몸이기 때문이었다.

아델리느의 호화로운 마차를 경비하는 볼프스베데 황국군의 병사는 아무리 심한 먼지에도 꿈쩍도 하지 않고, 정해진 속도를 지키면서 묵묵하게 앞으로 나아갔다. 감탄할 수밖에 없는 정확함과 성실함이었다.

어젯밤 지크바르트가 떠날 때 입에 담았던 말이 아델리느의 귓가에 남았다.

'돌아가는 편이 좋을까' 하고 아델리느는 불안함에 흔들렸지만, 여기까지 와서 되돌아갈 수는 없었다. 또한 어째서 지크바르트가 그런 오해를 했는지 한 번 찬찬히 들어보고 싶은 마음도 들었다.

"국경입니다."

평소와는 다르게 선 프랑소와즈의 목소리에 아델리느의 온몸에는 형용하기 어려운 긴장감이 퍼졌다.

저도 모르는 사이에 아델리느의 눈에서 방울방울 눈물이 흘렀다. 다정한 가족의 얼굴이 차례차례 눈에 선하게 떠올랐다. 이제 두 번 다시 만날 수 없을지도 몰랐다.

"……흑, 흘쩍, 어마마마……. 아바마마……. 오라버니…… 크리스티느……."

아델리느가 오열을 흘리자 프랑소와즈가 자애로 가득 찬 눈빛으로 다독였다.

"아델리느님, 왕가에서 태어난 왕녀의 의무입니다. 볼프스베데 황국에서 새로운 행복을 쌓도록 해요."

"······지크바르트는 무서워."

소문으로 듣던 잔혹왕도 직접 접해본 지크바르트도 두려움의 대상이었다. 자신과 지크바르트가 금슬 좋은 양친과 겹쳐지지 않았다.

"여기에서만 드리는 말씀인데 아델리느님의 어머님께서도 아버님께 시집가기 전에 소리 높여 우셨던 모양입니다."

"······그, 그러셨어?"

지금까지 몰랐던 어머니의 시집올 적 이야기를 듣는 사이에, 아델리느를 태운 마차는 몹시 오래된 성채에 다다랐다. 여기저기에 볼프스베데 황국군의 깃발이 나부끼고, 검은 군복으로 몸을 감싼 체격 좋은 병사가 성을 호위하고 있었다.

호위 담당자인 로데리히가 마차 문을 열었다.

"아델리느님, 코르넬리우스 성입니다. 지크바르트 3세의 할아버님이신 지크바르트 1세께서 태어나신 성으로 이 자리에서 볼프스베데 황국의 융성함이 시작되었습니다."

아델리느는 배운 대로 마차에서 우아하게 내렸지만 아무런 환성도 터져 나오지 않았다.

황제의 결혼식은 코르넬리우스 성에서 행해진다고 한다. 그렇지만 결혼식 분위기는 전혀 없었다.

"특별한 성이로군요?"

모다브 왕국 안에서는 전혀 볼 수 없는 투박한 구조의 성이었다. 한마디로 표현하자면 싸우는 것만을 위해 지어진 튼튼한 요새였다. 무엇보다 아델리느를 환영하는 분위기는 없었고, 모든 병사가 삼엄하게 서 있을 뿐이었다.

"지크바르트 1세께서 역신의 책략에 빠져 제위에서 쫓겨나셨을 때 코르넬리우스 성에 다다르셨습니다. 반역자에게 볼프스베데 황국을 넘겨줄 수는 없었습니다. 지크바르트 1세께서는 코르넬리우스 성을 거점으로 삼아 다시 일어서셨던 겁니다."

지크바르트 1세를 숭배하는지 얼음으로 만든 병정 같았던 로데리히에게 인간다운 감정이 엿보였다.

무심코 아델리느도 생각한 대로 솔직하게 감정을 내뱉고 말았다.

"역신의 책략으로 제위에서 쫓겨난 건가요? 뒤숭숭한 이야기네요. 누구를 믿어야 좋을지 모르게 될 것 같아요."

아델리느의 말을 듣고 로데리히는 얇은 입술을 풀었다.

"난세의 이치입니다."

"난세? 모다브 왕국의 역사에서도 배웠다는 느낌이 들지만⋯⋯."

모나브 왕국에서 왕후 귀속이 서로 경쟁하던 싸움의 시대는 먼 옛날이야기였다. 인간끼리 서로 죽이기보다, 힘을 합쳐 수렵 요리를 만들 재료를 사냥하는 편이 낫다. 그런 생각이 미식의 나라의 인간에게는 배어들어 있었다.

"모다브 왕국에서는 국왕을 중심으로 귀족뿐만 아니라 상인도 서로 협력했지요. 힘없는 국민도 지혜를 짜내어 생활할 양식을 얻었습니다. 굉장합니다."

로데리히는 담담한 태도로 모다브 왕국을 칭찬했다. 아델리느는 자신의 귀를 의심했지만 잘못 들은 말이 아니었다. 아마도 로데리히는 모다브 왕국을 존경하고 있음이 틀림없었다.

"어째서 볼프스베데 황국도 황제를 중심으로 협력하지 않았나요? 국민은 한결같이 성실하고 근면하다고 들었어요."

"나라의 성립 근원을 떠올려 보십시오. 볼프스베데 황국은 본래 검이 목숨인 기사의 나라입니다. 외화를 벌 수단은 용병뿐입니다."

볼프스베데 황국의 황제라고 해도 맨 처음에 제위에 오른 이는 실력을 뽐내는 기사들을 통솔하던 최강의 기사 단장이었다. 아델리느가 시집가는 지크바르트 3세의 선조에 해당하는 이로, 출신으로 따지면 어디에서 굴러온 말뼈다귀인지도 모르는 인물이었다.

"모다브 왕국과 우리 볼프스베데 황국은 나라의 성립도 역사도, 사람도 전혀 다릅니다. 잘 이해해 주시기를 바랍니다."

로데리히에게 신하의 예를 받으며 아델리느는 빙긋 미소

지었다.

"예."

붉은 융단이 깔리지 않은 돌바닥을 나아가 당장에라도 썩어 들어갈 것만 같은 사잇문을 지났다. 어느 정도 상상할 수 있었지만 성 안도 화려함과는 인연이 없는 장소라서 당장에라도 전투가 벌어질 것만 같은 분위기가 감돌았다. 대연회장에는 대포가 늘어서 있었기에 아델리느는 경악한 나머지 넘어질 뻔하고 말았다.

"……어, 어째서 이런 곳에 대포가."

아델리느가 갈라진 목소리로 툭 내뱉자 로데리히가 기묘한 표정으로 답했다.

"볼프스베데의 상식입니다."

무슨 일이 있더라도 모다브 왕국의 대연회장에는 대포는 들여놓을 수 없었다. 샹들리에도 조각도 없는 대연회장을 지나자 매우 싸늘한 복도에도 흐릿하게 빛나는 대포가 있었다.

"대연회장뿐만이 아니에요. 복도에도 대포가 있다고요."

"볼프스베데의 관습입니다. 익숙해지십시오."

"대포에 익숙해지라고요?"

아델리느가 얼빠진 목소리를 내자 로데리히는 다짜고짜 박력을 내뿜었다.

"그렇습니다."

안으로 들어가면 들어갈수록 독특한 분위기가 늘어갔다. 목적지인 듯한 중후한 문 앞에는 조각이나 항아리 같은 장식품은 하나도 없었지만, 인간의 해골이 바위로 만든 안치대 위에 장식되어 있었다.

"꺄악, 해골."

아델리느가 안색을 바꾸자 로데리히는 아무렇지도 않은 일처럼 말했다.

"아까 전 말씀 드렸지요. 지크바르트 1세를 배신한 역신의 해골입니다."

지크바르트 1세가 역신의 모반에 의해 이 땅으로 쫓겨왔다는 사실은 들었다. 그리고 제위를 되찾았다는 사실도 알았다. 그러나 손자의 시대에 어째서 이와 같은 것이 있는지 아델리느는 도저히 이해할 수 없었다.

"……네? 지크바르트의 할아버님의 시대부터 저걸 놓아둔 거예요?"

"지크바르트 1세에게 충성을 맹세했으면서도 모반을 일으켰습니다. 앞으로도 영원히 구경거리입니다."

성안에는 어떤 장식을 놓았고 어떤 이미지로 꾸몄는지, 모다브 왕궁에 성 짓기는 미적 센스를 겨루는 분야였다.

"……그, 그런."

"그만큼 분노가 크셨던 겁니다. 헤아려 주십시오."

"해골보다 꽃의 여신을 새긴 조각을 장식하는 편이 좋을

거라고 생각해요. 기분이 무거워요. 아무도 즐겁지 않아
요."

아델리느의 심장은 아직 펄떡펄떡 뛰었고, 등 뒤에 있는
프랑소와즈나 시녀들도 괴로워 보였다. 젊은 시녀는 빈혈
이 일어나 볼프스베데 황국군의 병사에게 부축 받았다.

"지크바르트 1세의 유언입니다."

로데리히의 재촉에 따라 아델리느는 중후한 문으로 들어
섰다. 살풍경한 방이었지만 매우 크고 청결한 느낌으로 가
득 차 있었다.

아델리느는 그보다 더 안쪽 방으로 가서 모다브 왕국에
서 가져온 호화로운 신부 의상을 몸에 걸쳤다.

알면 알수록 볼프스베데 황국은 무서웠지만, 아델리느
는 물러설 수도 도망칠 수도 없었다.

"혹시 여기에서 내가 도망치면 지크바르트를 배신하는
게 되는 걸까."

아델리느가 무의식중에 툭 내뱉자 은방울꽃 향수병을 들
고 있던 시녀가 졸도했다.

"아델리느님, 자중하십시오."

프랑소와즈가 평소처럼 타이르자 아델리느는 커다란 한
숨을 쉬었다.

"너무도 굉장해서 깜짝 놀랐어."

아델리느는 호화찬란한 왕궁이나 정취 깊은 왕가 소유의

성 말고는 잘 몰랐다. 우아하고 아름답게 정비된 왕도도 마차 안에서 내다보는 정도였다.

"아델리느님께서 놀라신 겁니다. 이 나라에서 모다브 왕궁으로 오셨던 지크바르트 3세 폐하께서도 당황하셨을 지도 모르겠군요."

재원 중의 재원이라서인지 프랑소와즈는 지크바르트의 입장에 서서 모다브 왕국을 칭했다.

"……그렇게 생각할 수도 있겠구나? 지크바르트도 모다브의 모습에 깜짝 놀랐을지도 몰라."

"자못 놀라셨겠지요. 오해가 있어도 당연할지도 모릅니다."

무언가 깨달았는지 프랑소와즈는 의미심장한 말을 입에 담으면서 아델리느의 귀에 다이아몬드 귀걸이를 달았다.

"오해투성이라고 생각해. 지크바르트는 아바마마를 의심하고 있는 것 같은데?"

"아델리느님의 아버님께서는 총명한 군주이십니다. 아버님께서 고르신 신랑을 믿어보도록 하지요."

프랑소와즈는 그녀 스스로 모다브 국왕과 지크바르트를 필사적으로 믿으려 하는 경향이 있었다.

"프랑소와즈는 믿는 거야?"

"이제 와서 무슨 말씀이신가요? 믿고 나아가는 수밖에 없습니다."

"알고 있다고."

아델리느는 어깨를 으쓱이고 커다란 거울 앞에 자신의 용모를 비추었다. 마차에 계속해서 흔들렸던 피로는 드러나 있지 않았다.

'으샤' 하고 아델리느가 기세 좋게 구호를 지르자 프랑소와즈가 질책을 날렸다. 지루한 설교를 시작하나 싶어 몸을 움츠렸지만, 결혼식 시각이 다가오고 있다고 했다. 아델리느는 재촉 받으며 격전의 흔적이 남은 복도를 똑바로 나아갔다.

검은 군복 차림을 한 병사들이 일제히 늘어서 순백의 웨딩드레스로 몸을 감싼 아델리느에게 기사로서의 예를 취했다.

어스름한 홀을 빠져나가자 옛 건축양식으로 지어진 예배당이 있었다. 볼프스베데 황국의 요청에 따라 아델리느를 시중드는 사람은 없었다.

아델리느 앞에 칠흑의 군복 차림을 한 지크바르트가 나타났다.

결혼식에서도 황제의 정장이 아니라 칠흑의 군복인가 싶이, 볼프스베데 황국의 선조를 싫어도 실감하고 밀었다.

'어째서 돌아가지 않았나' 하고 지크바르트의 녹색 눈이 책망하는 기분이 들었다.

'여기까지 와서 돌아갈 수는 없잖아요' 하고 아델리느는 올곧은 눈으로 지크바르트를 올려다보았다.

지크바르트와 팔짱을 끼고 아델리느는 예배당으로 나아갔다.

노신부가 자애로 가득 찬 표정을 지으며 결혼식을 엄숙하게 집행했다. 아델리느가 아는 어느 결혼식보다도 소박하고 쓸쓸했다. 그러나 성가대의 노래만은 더할 나위 없이 멋졌다.

반지를 교환하며 아델리느의 몸이 떨렸다. '훗' 하고 지크바르트는 깔보는 듯이 코웃음을 날렸다.

맹세의 키스에서 아델리느는 허세를 부렸지만, 또다시 지크바르트는 조소를 머금은 시선을 던졌다.

'그쪽은 다섯 번째일지도 모르지만 저는 처음 하는 결혼식이에요. 덤으로 이런 결혼식은 본 적이 없어요. 넘어지지 않은 것만으로도 칭찬하라고요' 하고 아델리느는 마음속으로 지크바르트에게 불평을 늘어놓았다.

어찌되었든 어이없을 정도로 간단하게 아델리느와 지크바르트의 결혼식은 끝났다. 앞으로 아델리느는 볼프스베데 황국의 황비가 된다.

결혼 축하 연회도 없거니와 무도회도 없이 아델리느는 성안에 있는 황비의 방에 들어갔다. 방에는 긴 의자와 테이블, 피아노 등이 있었지만 황비가 쓰는 방으로 보자면 더없이 초라했다. 하인의 방과 착각할 지경이었다.

"그나마 긴 의자가 있어서 다행인지도 몰라."

아델리느는 크림색이 도는 소파에 앉아 시녀가 데워준 따뜻한 사과 와인을 입에 머금었다.

프랑소와즈는 정식으로 아델리느 황비 직속이 된 로데리히에게 확인하듯이 물었다.

"결혼식 후, 퍼레이드도 연회도 기마시합도 없는 거지요?"

프랑소와즈는 '이런 결혼식이 어디에 있습니까' 하고 말하고 싶은 것을 삼가는 모양이었다. 모든 점에 있어서 양국의 차이는 크다고 실감했다.

"예정에 없습니다."

지금까지 했던 네 번의 결혼식에서는 조금 더 이것저것 있었을 터라고 아델리느는 프랑소와즈에게 들었다. 애당초 없다면 그것으로 되었다. 어차피 지크바르트의 곁에서 긴장할 뿐일 것이다.

"앞으로의 예정은요? 무도회라든가 이것저것 있겠죠? 왕도에 있는 궁전에서 치르는 건가요?"

"오늘 밤 지크바르트 폐하께서 건너오실 겁니다. 그렇게 아십시오."

로데리히의 말에 경악한 나머지 프랑소와즈는 그 자리에서 굳어버렸다. 젊은 시녀는 손에 든 은 쟁반을 바닥에 떨어뜨렸다.

아델리느는 태평하게 배가 든 초콜릿을 집어먹고 있을 때가 아니었다.

코르넬리우스 성의 요리사가 준비한 저녁 식사는 메뉴 자체에 문제가 있었다. 상상을 아득히 뛰어넘는 감자 요리에 아델리느가 푸념을 흘렸음은 말할 것도 없었다.

"전채는 식초에 절인 양배추와 감자 피자, 샐러드는 감자와 허브로 만든 샐러드, 스프는 감자와 대파로 만든 스프, 고기 요리는 감자와 오리 다리 살 소테에 곁들인 것은 삶은 브로콜리 감자 퓌레, 디저트는 플럼이 들어간 감자 도넛 같은……. 어째서 감자투성이야?"

아델리느는 인형을 끌어안은 채 차례차례 날라져 온 감자 요리를 뇌리에 재현했다. 좀처럼 빵이 나오지 않아서 어리둥절하던 참이었다.

"아델리느님, 식사의 불만은 삼가시지요. 그런 말씀을 하고 계실 밤이 아닙니다."

프랑소와즈의 잔소리를 들으면서 아델리느는 묵직한 침대에 누웠다. 이미 정성 들여 목욕을 마치고 모다브 레이스가 잔뜩 달린 순백의 잠옷을 몸에 걸쳤다.

"식초에 절인 양배추는 맛없었지만, 감자 요리도 고기 요리도 먹어보니 맛은 있었어. 메뉴를 선정하는 방법이 나쁜 것 같아. 설마 내일도 감자투성이는 아니겠지."

"아델리느님, 모다브에서 초콜릿도 쿠키도 가져왔습니다. 지금은 식사 문제가 아니라……."

프랑소와즈가 눈을 치켜떴을 때, 문 너머 편에서 젊은 시녀가 새된 비명을 질렀다.

"꺄악, 불한당."

아델리느는 인형을 안은 채 굳었고 프랑소와즈는 종을 울렸다. 그러자 지크바르트의 측근인 빅토르와 함께 아델리느 소속인 로데리히가 얼굴을 내밀었다. 그들의 등 뒤에는 박력을 내뿜는 지크바르트가 있었다.

생각과는 달리 젊은 시녀가 불법 침입자와 착각했던 사람은 아델리느의 남편이 된 지크바르트였다. 밤에 황비의 침실을 방문하는데도 새까만 군복을 몸에 두른 모습이라서, 젊은 시녀가 착각했어도 별수 없으리라.

아델리느는 군복 차림을 한 지크바르트의 모습에 '여기에서 전투라도 벌일 셈인가' 하는 말이 목구멍까지 나왔지만 가까스로 삼켰다.

"이상 없습니다."

빅토르와 로데리히는 황비의 침실을 구석구석 점검하고 나서 나갔다. 프랑소와즈와 시녀들도 인사하고 나서 물러갔다.

참으로 거북한 침묵이 퍼졌다.

황비의 침실에는 인형을 끌어안은 아델리느와 검을 찬

상태인 지크바르트만이 남았다.

지크바르트는 등을 돌리고는 뒤돌아보려고 하지 않았다. 프랑소와즈에게서 들었던 이야기와는 달랐다. 지크바르트가 무슨 일을 해도 저항해서는 안 된다고 입이 닳도록 말했지만, 남편은 아내를 거들떠보지도 않은 채 벽을 뚫어져라 노려보고 있었다.

어떻게 하면 좋을지 아델리느는 짐작도 가지 않았다. 매달리는 양 인형을 고쳐 안았을 때, 지크바르트가 등을 돌린 채 나지막한 목소리로 말했다.

"이것이 마지막 기회다. 정직하게 토해내라."

지크바르트의 심문과도 같은 어조에 아델리느는 얼굴을 심하게 찡그렸다.

"……네?"

"모다브 왕국의 자객이지."

어젯밤과 다름없이 지크바르트는 모다브 국왕과 아델리느를 오해하고 있었다. 굳게 믿고 있는지도 몰랐다.

"자객? 아니에요. 이상해요. 대체 어째서 그런 이상한 생각이 튀어나오는 거죠?"

이 자리에서 오해를 풀지 않으면 큰일이 일어나겠다 싶은 마음에 아델리느는 갑작스럽게 기세를 올렸다. 무의식중에 몸을 들이밀었다.

"일국의 왕녀가 자객이 되어 남편이 된 황제를 암살한

다. 곧잘 있는 이야기지."

지크바르트는 일상다반사처럼 말했지만, 아델리느가 그런 이야기를 귀에 담아본 적은 한 번도 없었다.

"전혀, 그런 이야기는 듣지 못했어요."

모다브 왕국의 긴 역사를 살펴보아도 다른 나라에서 시집 온 왕녀에게 암살당한 국왕은 한 사람도 없었다. 기억에 자신은 없지만 암살 소동도 없었을 터였다.

"정직하게 토해내라."

지크바르트는 곁눈질로 아델리느를 노려보았다.

"짚이는 데가 없으니 토해낼 수 없어요. 무엇보다 조금 심하다고요. 아니, 굉장히 심해요."

아델리느는 분한 마음과 슬픈 마음이 섞여들어 감정을 풀 곳이 없었다. 그저 인형을 꼭 끌어안았다.

"너에게 불평할 권리는 없다."

볼프스베데 황국에서는 남존여비 풍조가 강하다고 들었지만 부부 사이에서도 그런 것일까.

"볼프스베데 황국에서는 아내가 되어서도 아무 말도 못하는 거예요?"

아델리느가 의아하다는 표정으로 묻자, 지크바르트가 처음으로 돌아보았다.

"……아내?"

지크바르트와 아델리느 사이에 묘한 분위기가 흘렀다.

두 사람은 오늘 신성한 예배당에서 결혼식을 올린 부부였다.

"저는 지크바르트의 아내가 되었잖아요?"

아델리느의 왼손 약지에는 지크바르트가 준 결혼반지가 있었다. 지크바르트의 왼쪽 약지 역시 그랬다.

"아내가 되었다고 여기나."

비웃듯이 코웃음 치자 아델리느는 몸을 움츠렸다.

"……그럼, 저는 뭐예요? 저는 아바마마와 어마마마로부터 행복해지라는 말과 함께 보내졌어요. 자객 같은 말을 들어도 몰라요."

'영문 모를 소리만 하지 말아요' 하고 아델리느는 마침내 감정을 터트렸다. 손에 든 인형을 지크바르트를 노려 휘둘렀다.

"너를 자객으로 쓸 정도로 모다브는 인재가 부족한 것이 아닌가."

지크바르트는 아델리느의 인형 공격을 불손한 태도로 받았다. 밉살스러울 정도로 여유가 있었다.

"아마도 오해가 잔뜩 있는 같은데요. 한번 아바마마와 함께 느긋하게 이야기 나누어보시라고요."

'모다브 왕궁에서 사흘만 살아보면 어떤 곳인지 알 거예요' 하고 아델리느는 우아하면서도 느긋한 나날을 시사했다. 모다브에는 지크바르트처럼 신경이 곤두선 사람은 한 사람도 없었다.

"네 아버지를 만나는 데 오 년 걸렸다."

지크바르트는 야수 같은 눈빛으로 다리를 꼬았다.

"그 비아냥, 끈덕지지 않아요?"

"모다브 왕궁의 예의에 짜증이 난다."

지크바르트의 표정은 그다지 차이가 나지 않았지만, 드물게 감정을 직접적으로 토로하는 듯했다. 아무래도 모다브 왕궁의 우아하고 아름다운 관습에 곤혹스러워하는 기색이었다. 아델리느는 만면에 웃음을 띠우며 동의하는 듯 맞장구를 쳤다.

"지크바르트도 모다브에서 깜짝 놀랐군요? 저도 여기에서 여러모로 깜짝 놀랐어요."

일순 지크바르트는 아델리느의 순진한 웃음에 당황한 모양이었지만 눈을 내리깔고 툭 내뱉었다.

"너, 정말로 내 아내가 될 셈인가?"

지크바르트의 나직한 목소리는 귀를 기울이지 않으면 들리지 않을 정도로 작았다. 모다브 왕궁에 당당하게 들어섰던 잔학왕의 목소리라고는 생각할 수 없었다.

"나아갈 수밖에 없다는 말을 들었어요. 저도 그렇게 생각해요."

아델리느는 인형을 안은 채 솔직한 심정을 늘어놓았다. 이제 와서 모다브 왕국으로 도망쳐도 별수 없었다.

"배짱 좋군. 잊지 마라."

지크바르트는 느릿하게 움직이더니 아델리느의 가느다란 몸을 쓰러뜨렸다.

"……꺅, 뭐하는 거예요?"

아델리느가 하얀 시트의 물결에 잠기자 지크바르트는 날카로운 두 눈으로 바라보았다.

"소란 피우지 마."

온통 단단한 근육으로 뒤덮인 지크바르트의 몸이 아델리느를 내리눌렀다. 찌부러진다고는 생각하지 않았지만 무거웠다.

"……응……."

아델리느는 그저 공포로 다리를 떨었다. 지크바르트가 무서운 것인지 그 행위가 두려운 것인지 아델리느는 이미 알 수 없었다.

"버둥거리지 마."

'버둥거리지 않았어요' 하고 아델리느는 대꾸할 셈이었지만, 말이 소리로 나오지 않았다.

"……으으으응."

"내 말이 들리지 않나?"

기분 탓인지 지크바르트의 목소리에 가시가 빠진 것만 같은 느낌이 들었다. 아델리느를 질책하는 기색은 없었다.

"……들리는데요."

시아는 눈물로 젖었지만 청각은 뚜렷했다. 지크바르트의 목소리나 옷이 스치는 소리도 들렸다.

"버둥대지 마."

"……무서울 뿐이에요."

아델리느가 젖은 눈으로 감정을 토로하자 지크바르트는 눈을 가늘게 떴다. 어딘지 즐거워 보였다.

"무서운가?"

이런 일로 고집을 부려도 별수 없었다. 아델리느는 온 마음을 담아 끄덕였다.

"당연하잖아요."

"네가 자객일 리 없나."

지크바르트는 아델리느가 안고 있었던 인형에 시선을 흘렸다. 일찍이 첫날밤에 인형을 가지고 온 신부는 없었으리라.

"……네?"

"의심해서 미안하다."

지크바르트의 얇은 입술에서 처음으로 사죄의 말이 날아들자, 아델리느는 눈물로 젖은 눈을 크게 떴다.

섬은 군복의 앞섶을 드러낸 지크바르트가 있었다.

"……지크바르트?"

기분 탓인지도 모르지만 지크바르트에게서 뽑아 든 검 같은 무서움은 사라져 있었다. 잔학왕이 아니라 그저 매서운 청년으로 보였다.

"아내라면 나를 따라라."

"⋯⋯응?"

지크바르트의 냉혹해 보이는 입술이 아델리느의 도톰한 입술에 포개졌다. 닿기만 하는 부드러운 키스였다.

"배신하면 용서하지 않겠다."

지크바르트는 감정을 억누르는 듯한 목소리로 말하더니, 아델리느의 입술에 다시 키스를 했다.

"⋯⋯읍."

지크바르트의 혀가 입안에 침입해 들어와 아델리느를 몰아붙였다. 물론 아델리느는 이런 어른스러운 키스를 나눠본 적은 한 번도 없었다.

"나를 배신하지 마."

지크바르트의 커다란 손이 순백의 잠옷에 뻗어오자 아델리느는 힘껏 몸을 경련시켰다. 부끄러워서 몸 둘 바를 몰랐지만 머릿속이 멍해서 아무것도 할 수 없었다. 자신의 몸도 뜨거워서 이상했다.

"⋯⋯뜨거워. 뜨거워⋯⋯. 열이 올라요⋯⋯."

지크바르트가 살결을 더듬자 아델리느의 체온이 올라갔다. 이것저것 온통 이상했다. 특히 자신도 스스로 똑바로 쳐다본 적이 없었던 장소가 이상했다.

"뜨거워?"

어느새인가 아델리느의 잠옷은 침대 아래로 떨어져 있었다. 아델리느의 매끄러운 살결에 퍼지는 열이 심상치 않았다.

"······이상해요, 안 돼요, 나 이상해요."

아델리느는 처음으로 겪는 감각에 따라갈 수 없었다. 무의식중에 지크바르트의 다부진 어깨를 두드렸다.

"얌전히 있어."

지크바르트의 커다란 손이 생각지도 못한 곳을 만지자 아델리느의 온몸에 일찍이 없었던 충격이 퍼졌다.

"······어, 어딜 만지는 거예요."

아델리느는 새빨개진 얼굴로 소리쳤지만 지크바르트의 손은 밉살스러울 만큼 꿈틀거렸다.

"······."

"그, 그런 곳을 만지면 싫어요."

지크바르트의 손이 교묘한 것인지 어느새 아델리느의 비밀스러운 곳이 젖어들었다. 다리가 자신의 것이 아닌 것만 같은 착각에 빠졌다. 아델리느는 자신의 몸이 이렇게 된다는 말은 듣지 못했었다.

"너, 교육 남낭에게서 아부 말도 못 들었나."

"들었지만, 이런 건 듣지 않았어요."

"교육 담당의 잘못이야."

"앗, 이상한 소리 하지 말아요."

아델리느의 절규가 황비의 침실에 울려 퍼졌지만 지크바르트의 손은 멈추지 않았다.

"힘을 빼."

지크바르트의 듬직한 팔이 양쪽 다리를 끌어안자 아델리느는 분해서 죽는 줄 알았다.

"이제 싫어요."

아델리느는 부끄러움도 체면도 던져 버리고 훌쩍거렸지만 지크바르트의 태도는 변하지 않았다.

"힘 주지 마."

"절 죽일 셈이에요?"

자유롭게 구김살 없이 자라온 아델리느에게 처음 내려진 커다란 시련이었다는 사실은 틀림없었다.

그날 밤, 아델리느는 너무도 심한 통증에 지크바르트의 팔 안에서 정신을 잃었다.

7장

　다음 날 아침 아델리느는 이곳저곳이 아파서 침대에서 일어날 수 없었다. 특히 하반신의 심한 통증은 비유할 데가 없었다. 두 번 다시 걸을 수 없을 것만 같은 기분마저 들었다.

　"……너, 너무해……. 나를 죽일 셈이었어……. 역시 지크바르트는 잔학왕이잖아……."

　아델리느는 이 자리에 없는 지크바르트를 마음속으로 저주했다. 도중에 아델리느는 정말로 죽을 각오를 했던 것이었다.

"……아파요. ……저를 죽일 셈이에요? 한 달도 지나지 않았는데 저를 죽이는 거예요? ……윽, 저는 부정 따위 범하지 않았어요."

지크바르트의 흉기와도 닮은 분신에 꿰뚫려, 아델리느의 몸도 정신도 산산이 부서졌던 것이다.

"힘을 빼."

"……너, 너무해요, 결혼식 밤에…… 결혼식 날에 죽이다니 너무하다고요."

"죽지는 않아."

지크바르트는 흐릿한 목소리로 말했지만, 아델리느의 몸도 마음도 계속해서 비명을 질렀다.

"죽어요오."

"내일 아침, 기대하도록 해."

지크바르트가 웃음을 삼키자 아델리느는 화가 나 견딜 수 없었다. 어젯밤에 모다브 왕국으로 도망쳤어야 했다고 새삼스럽게 후회했다.

"죽고 있다구요."

"내일 아침, 너는 볼프스베데 황국의 황비다."

지크바르트의 입술을 목덜미에서 느끼며 아넬리느는 매달리듯이 손을 뻗었다.

"마지막으로 초콜릿과 와플……. 배부르게 먹고 싶었어요……."

지크바르트의 등 뒤로 초콜릿으로 만든 인형과 풍차가 보였다. 와플과 쿠키로 만든 모다브 왕궁도 떠올랐다.

"……윽."

어지간히 놀랐는지 지크바르트의 움직임이 멎었다.

"먹어 보면…… 먹어 보면 알 거예요. ……맛있으니까. ……맛있다고 말하게끔 만들어 보일 거예요."

아델리느는 강철같이 듬직한 지크바르트의 등에 꼭 달라붙었다. 모다브의 초콜릿과 와플을 모른다는 것은 최대의 불행이었다.

"그런가."

지크바르트는 즐겁다는 듯이 가볍게 웃고 나서는 아델리느의 달아오른 뺨에 키스를 했다.

차갑게 보이는 지크바르트의 입술은 뜨거웠다.

"……죽고 싶지 않아요. ……지크바르트에게 초콜릿과 와플을 먹일 때까지는 죽고 싶지 않아요……."

지크바르트에게 모다브 초콜릿과 와플을 먹이는 일이 아델리느의 사명인 것 같은 기분이 들었다.

"걱정 마라."

"……죽고 싶지 않은데 죽겠어요……. 열도……. 열도……."

틀림없이 살해당하고 말았다고 생각했지만 아델리느는

무사히 살아 있었다. 그것도 그 나름대로 신기하기만 했다.

오늘 아침 눈을 떴을 때 지크바르트는 이미 없었다. 일순 악몽을 꾼 것이라고 착각했지만 몸에 느껴지는 범상치 않은 통증으로 인해 현실을 곱씹었던 것이다. 어쨌거나 기분도 몸 상태도 바닥이었다.

"아델리느 황비님, 아침 식사를 드시겠습니까? ……그, 코르넬리우스 성의 요리인이 만들어주었습니다만……."

프랑소와즈가 걱정스럽게 말을 걸자, 아델리느는 시트에서 고개를 빼꼼 내밀었다.

"아침 식사 메뉴는?"

실컷 흐느껴 운 탓에 눈은 심하게 부어 있었고 목도 칼칼했다. 그래도 배는 고팠다.

"감자 팬케이크에 사과 소스를 부은 것입니다."

시녀가 아침 식사를 은으로 만든 수레로 운반해 오자 아델리느는 꾸물꾸물 상체를 일으켰다.

"어째서 또 감자야? 평범한 팬케이크면 되잖아."

스스로도 영문을 몰랐지만 옅은 갈색으로 구운 감자 팬케이크에 순간 지크바르트의 다부진 옆모습이 스쳐 지나갔다. 아델리느는 눈물 어린 눈으로 팬케이크를 째려보았다.

"……그러시군요? 아델리느 황비님께서 좋아하시는 아몬드가 들어간 초콜릿으로 하시겠습니까?"

"아몬드 밀크 초콜릿과 메론 마블 초콜릿과 레몬 화이트

초콜릿과 머랭 블랙 초콜릿과 체리 화이트 초콜릿과 스파
이스 쿠키를 수북이 담아……."

모다브 왕국에서 가져온 정말 좋아하는 초콜릿을 아델리
느는 갈라진 목소리로 나열했다.

"그만큼 드실 수 있으시면 다행입니다."

프랑소와즈는 안심했다는 듯이 미소 짓더니, 아델리느
앞에 일품인 초콜릿을 늘어놓았다.

맛있는 초콜릿이 최고의 사치라고, 유복함에 익숙해진
모다브 국왕은 공언했는데 아델리느는 그에 열렬히 찬동했
다.

어떤 때라도 일품 초콜릿은 아델리느를 행복하게 만들었
다. 다만 하반신이 욱신거려서 아델리느는 어찌할 도리 없
는 기분에 시달렸다.

"……아파."

아델리느가 초콜릿을 집어 들고 있노라니 젊은 시녀가
새된 비명을 질렀다.

"꺄아악, 도와주세요."

어젯밤과 마찬가지로 젊은 시녀가 비명을 지른 상대는
아델리느의 남편인 지크바르트였다. 여전히 황제는 검은
군복을 몸에 두르고서 무뚝뚝한 얼굴로 아델리느의 침대로
다가왔다.

아델리느는 침대에서 내려와 인사를 해야 마땅했지만 엉

덩이 관절이 완전히 이상해져 있었다. 아델리느가 침대 안에서 지크바르트를 노려보았다.

"지크바르트, 아파요."

아델리느가 인사도 하지 않고 불평을 말하자 지크바르트는 날카로운 눈을 가늘게 떴다.

"너, 살아 있군."

지크바르트의 표정은 전혀 변함없었지만, 어딘가 즐거워하는 듯한 기색이 있었다.

"확실히, 확실히 살아 있어요. 그렇지만 아파요. 설 수 없어요."

아델리느는 초콜릿을 손에 든 채 자신의 안 좋은 몸 상태를 역설했지만 뺨은 장밋빛으로 붉게 물들어 있어 발랄해 보였다.

'건강해 보이시는군요' 하고 측근인 빅토르가 프랑소와즈에게 말을 걸었다.

"서지 못 하겠나?"

지크바르트가 거만한 눈으로 내려다보자 아델리느는 고개를 끄덕였다.

"설 수 없어요."

"오늘 코르넬리우스 성을 떠날 예정이었다만."

규율이 바른 볼프스베데 황국에서 예정 변경은 거의 없다고 한다. 아델리느는 새파란 얼굴로 고개를 내저었다.

"무리예요."

"내일 수도를 향해 떠나겠다. 그렇게 알도록."

지크바르트는 제 할 말만을 하고는 날카로운 동작으로 떠나가 버리고 말았다. 여전히 바람 같은 황제였다.

아델리느는 초콜릿을 입에 집어넣을 새도 없었다.

시녀들이 하는 비밀 이야기를 듣고 아델리느는 머리에서부터 냉수를 뒤집어쓴 것만 같은 기분이 들었다. 거짓말이라고 생각했지만 시녀들의 반응으로 보아 진실이었다.

"……어, 어찌된 일이야?"

아델리느가 시트를 움켜쥐자 젊은 시녀는 바들바들 떨었다.

"아델리느 황비님, 제게 말씀하셔도……."

"그렇구나, 일단 내 눈으로 확인해 봐야지."

아델리느는 혼신의 힘을 쥐어짜내 침대에서 살짝 내려와 아픈 다리를 사리며 황비의 방을 나섰다. 그곳을 향해 걷고 있노라니 아델리느를 발견한 프랑소와즈가 다가와 수상쩍은 듯 물었다.

"아델리느 황비님? 어쩐 일이십니까?"

"확인하고 싶은 일이 있어."

아델리느의 목적을 눈치챘는지 프랑소와즈는 다독이는 눈빛으로 말했다.

"기분이 좋지 않으시겠지요. 방에 돌아가시지요."

"내가 지독한 모욕을 당하고 있다고 들었어."

다른 나라의 왕가에 시집가는 왕녀의 필수 조건은 처녀일 것이었다. 볼프스베데 황국은 다른 남자에게 더럽혀진 여성을 황비로서 맞이할 마음은 털끝만큼도 없었다.

코르넬리우스 성에 있는 황제의 방 한 칸에서는 아델리느가 순결하다는 증거가 볼프스베데의 측근들에게 공개되고 있다고 한다.

아델리느님은 처녀시다.

지크바르트의 측근들은 아델리느를 마침내 볼프스베데 황국의 황비로서 인정한 모양이었다.

"모욕이 아닙니다. 볼프스베데 황가의 관습입니다. 모다브 왕가에서도 예전에는 있었습니다."

볼프스베데 황가뿐만이 아니라 모다브 왕가도 시집오는 여성에게 순결의 증거를 요구했다. 그 이유인즉슨 그녀에게서 탄생하는 아이가 왕위에 관련되기 때문이었다.

"이제 그만두게 해."

아델리느는 수치심 때문에 정신이 나갈 것 같았지만 프랑소와즈는 매우 후련해했다.

"그렇군요."

"프랑소와즈, 내가 이렇게 괴로워하고 있는데 기분이 좋은 모양이구나?"

아델리느가 빈정거리는 듯이 말하자 프랑소와즈는 빙그레 미소 지었다.

"제가 사랑을 쏟아부어 키워 드린 아델리느님께서 더럽혀지지 않고 시집가셨으니까요."

프랑소와즈의 의도를 몰라서 아델리느는 계속해서 눈을 깜짝거렸다.

"무슨 뜻이야?"

"역시, 깨닫지 못하셨군요? 외무대신의 자제분이 아델리느님을 노리고 있었습니다. 기정사실로 서둘러 만들어 버리고는 결혼 허가를 받으려고 획책한 모양입니다만."

평화로운 시대가 길었기 때문인지 온후한 국왕의 치세 때문인지, 모다브 왕국에서는 신분 있는 귀족들이 높은 곳에 있는 꽃을 손에 넣으려고 기를 쓰고 있었던 모양이었다. 당연히 사냥감이었던 아델리느는 아무것도 몰랐다.

"……전혀 몰랐어."

"특히 멸망한 슈베르니 왕국의 왕족은 노골적일 정도로 아델리느님을 노렸습니다. 힘으로 빼앗으려는 것은 아닐까 초조했던 적이 한두 번이 아닙니다."

결코 있어서는 안 되는 일이었지만 야망이 소용돌이치는 왕궁에서는 드물게 일어날 수 있는 일이라고 한다. 프랑소와즈는 무방비한 아델리느 때문에 줄곧 간담이 서늘했던 모양이었다.

"……그런."

프랑소와즈는 거짓말이나 농담을 하는 교육 담당이 아니니 진실이리라. 아델리느는 몰랐던 모다브 왕궁의 일면에 기겁을 했다.

"웨이스데일 황국의 명문 공작가 자제분은 해적에게 의뢰를 해서 아델리느님을 유괴하려 들었다는 소문도 있습니다."

"설마."

"화려한 모다브 왕궁에도 이런저런 일이 있습니다. 볼프스베데 황국에도 이런저런 일이 있습니다. 이해하실 수 있으시겠지요."

예전 공부 시간 때처럼 프랑소와즈는 검지를 세우며 매듭지었다.

"나를 달래는 거야?"

아델리느가 멍한 표정으로 묻자 프랑소와즈는 어깨를 으쓱였다.

"순결을 인정받으셨으니 그것으로 문제는 없습니다. 이 일로 트집을 잡혔다면 아델리느님뿐만이 아니라 모다브 국왕의 명예도 더럽혀지게 됩니다."

지적받은 대로 아델리느의 순결이 증명되지 않았다면 모

다브 왕국 및 아버지인 국왕의 명예에도 흠이 생긴다. 아델리느는 모다브 왕국으로 쫓겨나거나 어딘가로 유폐되어도 불평할 수 없었다.

"……듣고 보니 그러네? 지크바르트라면 트집 잡았을지도 모르는데……. 제대로 인정해 주었구나."

"끔찍하게도 부정은 얼마든지 만들어 낼 수 있습니다."

프랑소와즈가 고뇌에 가득 찬 표정으로 툭 내뱉었을 때, 젊은 시녀가 은으로 만든 수레로 저녁 식사를 날라 왔다.

"……전채는 감자 베이컨 말이, 샐러드는 루꼴라가 들어간 감자 샐러드. 스프는 감자와 파프리카 크림 스프, 메인은 감자와 오리 다리살 라구, 빵은 없는데 로즈마리 풍미의 감자가 딸려서……. 어째서 이렇게 감자만 이어지는 거야?"

감자가 한층 더 존재감을 뿜어내는 저녁 식사에, 아델리느가 목소리를 높인 것은 말할 것도 없었다.

그렇지만 코르넬리우스 성의 요리사가 저녁 식사를 다시 만드는 일은 없었다.

밤에 프랑소와즈와 시녀가 물러간 후 아델리느는 침대에서 눈을 감았다. 황비의 방은 쥐 죽은 듯이 고요해졌다.

아무런 예고도 없이 갑자기 중후한 문 너머 편에서 군복 차림을 한 지크바르트가 나타났다.

아델리느는 비명을 지를 뻔했지만 지크바르트의 커다란 손이 가로막았다.

"소란 피우지 마."

지크바르트의 너무나도 난데없는 방문에 아델리느는 자유로워진 팔을 휘둘렀다.

"……도적처럼 숨어들지 말아요."

아델리느가 지극히 지당한 불만을 입에 담자, 지크바르트는 눈꼬리가 째진 눈을 가늘게 떴다.

"사전에 사자는 보내지 않아."

모처럼 황제가 황비를 찾아와도 몸 상태가 안 좋을 수도 있었다. 또한 황비가 어떤 용건으로 자리를 비웠을 가능성도 있으니 황제는 사전에 사자를 보내는 편이 현명했다.

"어째서요?"

"두 눈 뜨고서 밀회의 상대를 도망치게 할 생각은 없어."

지크바르트는 사전에 사자를 보내지 않고서 황비의 방으로 건너와 밀회 상대의 유무를 확인할 셈이었다.

"……무, 무슨 말을 하는 거예요. 제게 밀회 상대 따위가 있을 리 없잖아요. 어째서 그렇게 의심이 심한 거예요."

아델리느가 기가 막힌다는 듯이 말하자 지크바르트는 눈을 내리뜨고서 답했다.

"상식이다."

코르넬리우스 성에 머물다 보니 귀를 기울이지 않아도

신하나 동맹자에게 계속해서 배신당했던 황제의 이야기가 들려왔다. 고성의 안쪽에 있는 거실에는 반역자들의 해골이 셀 수 없을 만큼 나열되어 있다는 사실을 막 알게 된 참이었다. 신뢰하지 않는 것이 살아남기 위한 비결인 것일까.

"믿지 않는 게 상식?"

그 말을 입에 담은 아델리느의 마음이 콕 쑤셨다. 분명 사람을 의심하며 사는 쪽이 괴로우리라.

"……그럴지도 모르지."

지크바르트의 옆모습에 그림자가 드리워지자 아델리느는 저도 모르는 사이에 아슬아슬한 이야기에 발을 들였다.

"지금까지 결혼을 일방적으로 끝낸 사람은 지크바르트라고 들었어요. 결혼 상대도 믿지 않았나요? 믿지 않았는데 결혼했어요?"

네 사람의 아내에 대한 이야기를 언급하자 지크바르트의 날카로운 두 눈이 점점 흐려졌다. 코르넬리우스 성에는 네 아내의 해골도 있다고 들었기에 아델리느는 등줄기가 서늘해졌다.

"너는 나를 믿고 시집온 건가?"

지크바르트가 불손한 태도로 내려다보자 아델리느는 커다란 한숨을 쉬었다. 확실히 잔학왕을 믿고서 볼프스베데 황국으로 건너온 것은 아니었다.

"아바마마의 말씀을 믿고서 시집왔어요."

설령 일국의 왕으로서의 이해가 얽혀 있어도 쉽사리 딸을 불행하게 만드는 결혼은 시키지 않으리라고 믿었다.

아델리느의 아버지에 대한 절대적인 믿음을 지크바르트는 비웃었다.

"네 아버지는 만만치 않아."

"정말, 그렇게 믿을 수 없다면 언제든지 저를 곁에 두고 감시하도록 해요. 저에게는 아무것도 켕기는 데가 없어요."

아델리느가 정정당당하게 말하자 지크바르트의 눈동자가 흔들렸다. 제법 동요한 모양인지 상체가 크게 흔들렸다.

"감시해 주는 편이 저도 한 적 없는 일을 듣지 않아도 되니까 좋아요. 어디든지 저를 데리고 가도록 하세요."

'저는 아버지의 명예를 위해서라도 일방적으로 이혼 당하지는 않을 거예요' 하고 말하며 아델리느는 지크바르트를 탄핵하듯이 검지를 내밀었다.

"너에게는 놀랐다."

지크바르트는 아델리느와 시선을 맞추지 않은 채 남이 간 벽을 향해서 중얼거리듯이 말했다.

"그건 제가 할 말이에요. 지크바르트가 말하면 안 돼요. 제가 얼마나 깜짝 놀란 줄 아세요."

"모다브 왕궁에서 너를 보지 않았다면, 네가 제일왕녀라고는 여기지 않았겠지."

지크바르트가 의미심장한 시선을 퍼붓자 아델리느는 눈을 끊임없이 깜빡거렸다. 모욕하는 기색은 아니었지만 훌륭한 왕녀라고 칭찬하는 것도 아니었다.

"무슨 뜻이에요? 제가 왕녀답지 않다고 말하고 싶은 건가요?"

아델리느가 어린아이처럼 입술을 삐죽이자 지크바르트는 씨익 입매를 풀었다.

"알고 있지 않나."

"프랑소와즈라든가 여러 선생님을 울렸으니까요."

아델리느가 어딘가 아득한 눈으로 과거를 밝히자 지크바르트는 수긍했다는 듯이 맞장구를 쳤다.

"그렇겠지."

얼음 조각 같은 지크바르트에게 사람다운 감정이 엿보이는 것에 아델리느의 마음은 몹시 들떴다. 무심코 지크바르트의 곁에 다가가 다부진 어깨를 기세 좋게 때리고 말았다.

"저는 교육 담당을 울렸지만 오라버니는 달라요. 지크바르트도 교육 담당을 곤란하게 하지 않았나요?"

지금까지 지크바르트의 소년 시대에 대한 소문은 전혀 들려오지 않았다. 당시의 볼프스베데 황국은 하잘것없는 작은 나라라고 여겨졌기 때문이리라.

"나는 너 정도는 아니었다."

"나중에 빅토르나 로데리히에게 물어보고 확인하겠어요."

어린 시절부터 섬겼다고 하는 측근들이라면 지크바르트의 지난날을 알 터였다.

"두 사람이 뭐라 하는지, 나중에 나에게도 가르쳐 줘."

측근의 마음속을 살피려 하고 있는 것인지 지크바르트는 냉소적으로 눈을 가늘게 떴다. 주변의 분위기도 미묘했다.

"그런 고자질 같은 짓은 안 해요. 지크바르트의 앞에서 당당하게 물을 거예요."

"그런가."

지크바르트가 끌어당기자 아델리느는 무척 곤혹스러웠다.

"……아, 아프니까 만지면 안 돼요."

순식간에 지크바르트가 주었던 감각이 아델리느의 몸에 되살아났다. 굉장히 심한 통증에 괴로웠지만, 그뿐만은 아니었다. 그러나 정직하게 말하면 인정하고 싶지 않았다.

"오늘 밤은 아무 짓도 안 해."

"죽는 줄 알았어요."

아델리느가 수치심으로 뺨을 붉히면서 지크바르트에게 불평을 날렸다. 부끄럽고 견딜 수 없는 나머지 말할 수밖에 없었던 것이다.

"너는 살아 있어."

아델리느의 몸을 쓰다듬는 지크바르트의 팔이 매우 다정했다. 그랬다, 난폭하지도 않거니와 차갑지도 않은 것이었다.

"지금도 아파요."

아델리느는 부끄러워져서 지크바르트에게서 시선을 돌렸다. 어젯밤 침대에서 벌어진 일을 떠올리기만 해도 뺨이 달아오르는 것이었다.

"언제까지나 수도를 비울 수는 없어. 내일은 출발한다. 몸 상태가 나쁘다면 너는 남아라."

지크바르트 나름의 온정인 것일까, 아델리느의 몸을 배려해 주고 있었다. 그가 정말 소문대로의 잔학왕이었다면 아델리느는 말에 묶여 질질 끌려갔으리라.

"제가 한 말 잊었어요? 저를 믿을 수 없다면 곁에 두고 감시하도록 해요. 저도 의심받지 않도록 지크바르트에게 딱 달라붙어 있겠어요."

"그런가."

"한 달 만에 이혼 당하지는 않아요."

'저는 나쁜 짓 따위는 하지 않아요. 아바마마께서도 나쁜 짓은 하지 않으세요' 하고 나무라듯이 지크바르트의 귓가에서 집요하게 말했다. 믿어주지 않는다면 믿을 때까지 끊임없이 말할 것이고 의심을 살만한 행동은 하지 않겠다.

"기대되는군."

지크바르트의 반응에 아델리느는 눈을 휘둥그레 떴다.

"좀 더 다른 표현이 있잖아요."

"이제 자라."

지크바르트의 말대로 내일에 대비해서 빨리 휴식을 취하는 편이 나았다.

"그것도 그러네요."

아델리느는 그러는 것이 당연하다는 듯이 지크바르트의 뺨에 잘 자라는 키스를 했다.

지크바르트는 제법 놀란 모양인지 녹색 눈이 흔들렸다.

"지크바르트?"

"……아니."

아델리느는 지크바르트의 온기를 느끼면서 눈을 감았다. 피로가 남아 있었지만 곧바로 깊은 잠에 빠졌다.

다음 날, 아델리느는 지크바르트와 함께 코르넬리우스 성을 나섰다. 아델리느의 말이 통했는지 같은 마차에 군복 차림을 한 지크바르트도 올라탔다. 마차 안에서 쾌활하게 떠들고 있는 것은 아델리느였다.

"지크바르트, 오늘 아침 메뉴는 감자구이였어요. 점심은 감자 오믈렛과 감자 꼬치구이, 어째서 감자뿐이죠?"

낮에 휴식 시간을 가졌던 요새에서도 감자 요리를 대접받았다. 식사에 관해서 지크바르트를 필두로 한 볼프스베데 황국의 남자들은 한 마디도 푸념을 흘리지 않았다.

"먹을 수 있으니 됐지 않나?"

마차 밖에는 얼어붙은 황야가 끝없이 펼쳐져 있었지만,

볼프스베데 왕국의 토지에서 풍족한 농작물은 기대할 수 없었다. 지크바르트는 기근 때문에 아사자가 많이 나와서 극도의 통한을 맛보았다고 했다.

"……그, 그야, 그럴지도 모르지만, 조금 더 신경 쓰는 편이 좋을 거예요. 플레인 오믈렛을 메인으로 해서 곁들이는 음식을 로즈마리 풍미의 감자 소테로 한다든가, 메뉴를 고려할 여지는 있다고요."

요리를 하나씩 먹어보면 어느 감자 요리든 소박해서 맛있었다. 하지만 아쉽다는 마음에 미식의 나라 출신자로서는 신음하고 마는 것이었다.

"먹거리에 굴릴 지혜가 있다면 볼프스베데 황국의 역대 황제 이름을 기억해 둬라."

지크바르트가 딱 잘라 말하자 아델리느는 볼을 부풀렸다.

"심술쟁이."

아델리느의 반응에 벌써 익숙해졌는지 지크바르트는 안색 하나 바뀌지 않았다.

"내 곁에 있으려면 대신들의 이름도 기억해라."

"자연스럽게 기억할 거예요."

아델리느가 딱딱한 웃음을 떠올리자 말없이 대기하던 프랑소와즈가 천천히 입을 열었다.

"황제 폐하, 아무래도 이번에는 신부 수업 기간이 없어서 아델리느 황비님은 볼프스베데 황비로서의 소양을 익히지 못했습니다."

볼프스베데 황국으로 시집가는 일이 미리 정해졌다면 아델리느에게는 철저하게 황비 교육을 행해졌으리라. 볼프스베데 황국의 역사나 정치뿐만 아니라 풍습이나 관습까지 배웠을 것이 틀림없다.

"알고 있다."

"관대하게 지켜봐 주시기 바랍니다."

'트집 잡아 한 달 만에 이혼을 통보하는 행동은 삼가 주십시오' 하는 뜻을 프랑소와즈는 은근히 내비쳤다.

지크바르트 역시 프랑소와즈의 심정 정도는 헤아렸을 터였다.

"아아."

"황제 폐하의 은혜에 보답하기 위해서라도 지금부터 가르치도록 하겠습니다. 일단, 맨 먼저 아델리느 황비님이 기억하셨으면 하는 분의 성함을 가르쳐 주셨으면 합니다."

프랑소와즈가 등을 곧게 세우자 지크바르트는 시선만으로 측근에게 명했다. 꾸어다 놓은 보릿자루처럼 앉아 있던 빅토르가 처음으로 입을 열었다.

"정치의 핵심은 크라센 재상입니다. 폐하의 아버님의 사촌 동생에 해당합니다. 재상치고는 젊을지도 모릅니다만 놀라지 마시기 바랍니다."

빅토르가 시선을 보내고 프랑소와즈도 집어삼킬 듯이 바라보자, 아델리느는 곱씹듯이 반복했다.

"크라센 재상, 크라센 재상, 크라센 재상."

'기억했어요' 하고 아델리느는 천사 같이 웃는 얼굴을 내보였지만 아무도 믿어주지 않았다.

"아델리느 황비님, 복습입니다. 크라센 재상은 볼프스베데 황가의 혈통에 해당하십니다. 폐하와 어떤 관계입니까?"

크라센 재상에게 지크바르트와 혈연관계가 있다면, 아델리느가 그를 대하는 방식은 바뀌어야만 한다. 이것은 모다브 왕궁 안에서의 관습이기도 했다.

"……그게 그러니까, 지크바르트의 아버님의……숙부님?"

아델리느가 머리에 떠올린 관계를 말하자, 마차 안에 싸늘한 분위기가 흘렀다.

"아델리느 황비님, 크라센 재상은 폐하의 아버님의 사촌 동생에 해당합니다. 덧붙여 말씀드리면 폐하의 아버님의 형제분들은 모두 전사하셨습니다."

"저는 몸이 안 좋아서요."

아델리느는 괴롭다는 표정을 지었지만 꾀병이 통할 리 없었다. 마차 안은 아델리느의 학습장소로 변했다.

8장

코르넬리우스 성을 떠난 지 사흘 후, 별다른 문제없이 수도에 들어섰다. 기분 때문인지 지크바르트의 무표정에 사람다운 감정이 드러나기 시작했다는 느낌이 들었다. 로데리히나 빅토르와 같은 측근들의 표정도 부드러워졌다.

"지크바르트, 여기가 볼프스베데 황국의 수도죠? 왕궁은 가까워요?"

아델리느는 언제든지 지크바르트의 곁에 달라붙은 채 부정을 떠안을 만한 틈을 만들지 않았다.

"성을 수도의 중심에 만드는 멍텅구리가 어디에 있나."

화려함은 없고 세련됨도 없었지만 가지런하고 청결한 도

시였다. 비슷한 건물들이 일렬로 늘어서 있는 거리가 매우 눈에 띄었다.

"어째서요?"

"교육 담당에게 들어라."

지크바르트의 태도는 여전히 냉담했지만 분위기는 명백히 바뀌어 있었다. 그래서 아델리느는 전혀 신경 쓰지 않았다.

그러는 와중에 아델리느와 지크바르트를 태운 마차는 도시 외곽에 있는 험한 산을 올랐다. 커브가 심한 산길이라서 아델리느는 혀를 깨물었다.

"……아파."

아델리느가 입술을 손으로 누르자 지크바르트는 놀랐는지 눈을 크게 떴다.

"너는 이 정도로 혀를 깨무나."

"어째서 이런 산 위에 궁전을 지은 거예요?"

"궁전이 아니다."

지크바르트가 말한 것처럼 산 위에는 투박하고 중후한 만듦새의 성이 서 있었다. 그쪽 방면에 어두운 아델리느라도 이곳이 난공불락의 산성이라는 사실을 금세 알 수 있었다.

"이 성은 함락되지 않겠군요."

아델리느가 잘 아는 왕의 거성과는 너무나도 동떨어져

있었다. 그랬다, 황제의 거성이라 할지라도 적과 싸우기 위해 세워진 튼튼한 요새였던 것이다. 본거지를 험한 산 위로 정한 것도 의미가 있었다.

"너라도 아는 건가."

지크바르트는 높게 우뚝 솟은 탑에서 아델리느에게 시선을 보냈다.

"얕보지 말아요. 이렇게까지 굉장하면 안다고요."

모다브 왕궁도 그렇고 멸망한 슈베르니 왕궁도 그렇고, 왕이 머무는 성은 국왕의 권력을 상징하는 모양새의 화려한 궁전이었다. 외적을 고려하기는 했겠지만 대군에 둘러싸이게 되면 승산 없는 구조였다.

"어떤 적이 공격해 와도 함락되지 않는 성이다. 배신자가 나오지 않는 한은 말이지."

"배신자? ……응, 그럴지도 모르겠네요."

"내린다."

마차에서 내려선 젊은 황제 내외를 기다리고 있던 귀족들이 조용히 맞이했다. 그들이 아델리느를 바라보는 시선은 차갑지도 따뜻하지도 않았다. 다만 아델리느를 거부하는 기색은 전혀 없었다.

아델리느는 어머니의 몸짓을 뇌리에 떠올리며 황비로서 어디까지나 기품 있는 모습을 선보였다. 이렇게 진지하게 숙녀의 모습을 연기하기는 태어나서 처음일지도 몰랐다.

"이전 황비와는 다르게 제법 귀여우신 황비님이시로군
요. 큰 몸집이신 폐하와 나란히 서시니 어린아이처럼 보입
니다."

"전 황비는 키가 큰 절세의 미녀셨으니 말입니다."

"전전 황비도 절세의 미녀였지요. 이번 황비는 아직 어
린아이……. 아니, 정말로 사랑스러우십니다."

보석을 몸에 단 귀족들의 시선은 지크바르트에게 딱 달
라붙은 아델리느에게 집중되어 있었다. 새로운 황비와 지
금까지의 황비의 용모를 비교하며 그 너무나 큰 차이에 수
군거리는 모양이었다.

'딱딱한 볼프스베데 황국에도 저런 사람이 있었구나' 하
고 아델리느는 별난 부분에서 감탄하고 말았다.

대연회장에서는 크라센 재상을 만나 정중한 궁정식 인사
를 받았다.

'이 재상은 좋아질지도 모르겠다' 하고 아델리느는 지크
바르트의 혈통에 해당하는 젊은 재상에게 호의를 품었다.
지크바르트나 측근들도 크라센 재상에게는 절대적인 신뢰
를 품고 있는 모양이었다.

대강의 의례석인 인사를 마친 후, 지크바르트에게 재촉
받아 아델리느는 고요한 안쪽으로 나아갔다.

포격을 받은 흔적이 남은 거실을 가로지르고 있노라니
빅토르가 귀여운 꽃다발을 손에 들고 따라왔다.

"폐하, 시기상 이런 꽃뿐이었습니다만, 이것으로 되겠습니까?"

빅토르가 소박한 꽃다발을 지크바르트에게 내밀었다.

"아아."

지크바르트가 빅토르에게 꽃다발을 준비하도록 명령했으리라. 지극히 무뚝뚝하고 여러모로 냉담했지만 다정한 부분도 있었던 것이다. 아버지가 기대한 대로 그렇게 나쁜 남자는 아닐지도 몰랐다. 아델리느는 틀림없이 자신을 위해 준비시킨 꽃다발이라고 생각해서 양손을 내밀었다.

"고마워요. 소박하고 고운 꽃이네요."

기쁘다며 아델리느가 순진하게 웃는 얼굴을 띄웠지만, 지크바르트와 빅토르는 그 자리에서 굳었다. 등 뒤에 대기하고 있던 로데리히는 관자놀이를 손가락으로 누르며 아델리느에게서 슬그머니 다섯 걸음쯤 물러섰다.

참으로 거북한 분위기가 흘렀다.

"저에게 주는 꽃이 아니에요?

아델리느가 어리둥절한 표정으로 묻자, 지크바르트가 떨떠름함으로 가득한 표정으로 답했다.

"아니야."

신혼인 아내에게는 꽃 한 다발도 선물하지 않고, 다른 여성에게 꽃다발을 선물하는 것인가. 대체 어떤 여성에게 꽃다발을 선물할 셈인가. 누군가 성에 두고 있는 것인가. 아델리느의 사고회로는 엉뚱한 방향으로 굴러가기 시작했다. 정말 화가 나서 견딜 수 없었다.

"……누, 누구에게 주는 꽃이에요. 애첩은 없다고 들었는데 애첩을 거느리고 있었던 거예요?"

아델리느가 신경질적으로 감정을 폭발시키자, 지크바르트는 나직한 목소리로 툭 말을 꺼냈다.

"유모."

예상 밖의 상대에게 아델리느는 들어 올렸던 주먹을 내렸다.

"……유모? 지크바르트에게 유모가 있었어요?"

아델리느는 확인하는 양 빅토르와 로데리히에게 시선을 던졌다. 측근들은 긍정하는 듯이 각각 크게 주억거렸다. 평소와는 다르게 두 사람은 필사적이었다.

"몸 상태가 안 좋아."

지크바르트의 말투에서 유모에 대한 사모의 정이 강하게 전해져 왔다.

"그랬군요. 미안해요. 제게 꽃을 주는 줄 알았어요."

자신에게 주는 꽃다발이 아니라는 점은 아니꼽지만 유모라면 별수 없었다. 아델리느 입장에서도 대가 없는 사랑을 쏟아 부어 주었던 유모는 둘도 없는 소중한 존재였다.

"너는 비싼 보석을 선물 받고 사치스럽게 자란 왕녀지 않나. 어째서 꽃 같은 걸 바라지?"

지크바르트가 의아하다는 듯이 묻자 아델리느는 떡하니
버티고 서서 대꾸했다.

"그런 거, 당연하잖아요."

지크바르트가 손에 든 소박한 꽃 앞에서는 아버지에게서
받은 군함 일곱 척을 살 대금에 필적하는 다이아몬드 목걸
이나 팔찌도 빛을 잃고 만다.

"모르겠군. 이 꽃에는 아무런 가치도 없다."

'신종이 포함되어 있지만' 하고 지크바르트는 자신의 손
안에 있는 소박한 꽃다발을 응시했다.

"문제는 보석이라든가 꽃이라든가, 그런 점이 아니에
요."

아델리느가 지크바르트에게 따지고 들자 프랑소와즈가
즐겁다는 듯이 웃음을 터뜨렸다.

"지크바르트 폐하께서는 여자 마음을 모르시는 건가요."

프랑소와즈의 의도를 파악하지 못한 채 지크바르트는 늠
름한 미간을 찡그렸다. 보다 못했는지 로데리히가 지크바
르트의 귓가에 살짝 속삭였다.

지크바르트는 뚱한 얼굴로 꽃다발에서 한 송이 꽃을 빼
내었다. 그리고 아델리느에게 내밀었다.

한 송이 분홍빛 꽃에는 모다브 왕궁에 장식된 큰 다발의
장미나 백합처럼 화려함은 없었다. 볼프스베데 황국의 들
에 피는 꽃이었다.

무뚝뚝한 남자에게서 처음으로 받은 선물이었다. 아니, 지극히 서투른 남자가 다가오려고 해준 것이다.

아델리느는 가슴이 벅차올라 지크바르트가 내민 한 송이 꽃을 받아들었다.

"고마워요."

아델리느는 순진하게 웃는 얼굴을 활짝 피우며 지크바르트에게서 받은 한 송이 꽃을 머리카락에 꽂았다.

순식간에 주변의 분위기가 밝아졌다.

"그런 것으로 기뻐하나."

지크바르트가 믿을 수 없다는 태도로 아델리느를 바라보자 로데리히가 등을 두드렸다.

프랑소와즈는 빅토르와 시선을 맞추며 즐거운 듯이 소리를 내며 웃었다.

아델리느는 지크바르트의 팔을 잡고 유모가 있는 방을 향해 나아갔다. 무슨 일이 있어도 지크바르트의 유모를 병문안하고 싶었다.

통풍이 잘되는 방의 침대에 지크바르트의 유모는 누워 있었다. 지크바르트의 모습을 보더니 유모는 느릿느릿 상체를 일으켰다.

"편하게 있어라."

지크바르트가 꽃다발을 건네자 유모는 기쁘다는 듯이 미소 지었다. 그야말로 오랫동안 떨어져 있던 자식을 만난 어머니 같았다.

'지크바르트에게도 믿을 수 있는 사람이 있구나, 다행이다' 하고 아델리느는 가슴을 쓸어내리고는 끼어들지 않은 채 지켜보았다.

그런데도 유모는 적을 보는 듯한 눈으로 아델리느를 째려보았다. 무서운 것은 아니었지만 지금까지 누구에게서 그런 시선을 받아본 적은 한 번도 없었다.

"폐하, 마침내 애첩을 들이셨습니까."

유모는 아델리느에게서 시선을 돌리지 않은 채 딱딱한 음성으로 지크바르트에게 말했다. 방의 온도가 급격하게 내려간 듯한 기분이 들었다.

"아니."

지크바르트의 대답은 간결했지만 유모는 그 말만으로도 그가 다섯 번째 결혼을 했다는 사실을 깨달은 모양이었다. 유모는 지크바르트의 손을 꼭 움켜쥐었다.

"폐하께서 스스로 바라신 결혼입니까?"

"네가 마음 쓸 일은 아니다."

"목숨보다 소중한 폐하, 입 다무시지요. 다음에 황비를 맞이한다면 나라의 일은 생각하시 말고 본인의 의지만으로 정하시라고 말씀드렸지 않습니까."

유모는 악마 같은 형상으로 지크바르트에게 큰소리치더니, 병자라고는 생각할 수 없는 재빠른 동작으로 침대에서 내려왔다.

그리고 베개 아래 숨겨 두었던 단도를 아델리느에게 들이밀었다.

"귀여운 공주로다. 어디의 공주냐?"

유모에게 어째서 이런 살의를 받는 건지 아델리느는 전혀 몰랐지만, 경악하면서도 당당하게 이름을 댔다.

"모다브 왕국의 제일왕녀 아델리느 포렛 르 모다브입니다. 지크바르트 폐하의 아내가 되었습니다. 잘 부탁합니다."

모다브 왕가의 긍지를 걸고 유모가 내민 단도에 겁먹거나 하지는 않겠다. 아델리느는 올곧은 시선으로 유모를 꿰뚫었다.

지크바르트는 유모에게서 단도를 빼앗아들려고 했지만 빅토르의 손에 조용히 제지당했다. 프랑소와즈의 안색은 흙빛이었지만 로데리히가 부축해 주었다. 지크바르트의 측근들은 유모에게 아무런 의심도 품지 않았다.

"모다브 왕국? 음험한 부자 나라로군? 지금까지의 아내들과는 타입이 다르지만 귀여운 얼굴을 하고 있어. 그렇지만 나는 속지 않는다. 폐하를 독살해서 볼프스베데 황국을 집어삼킬 셈인가?"

유모의 심한 말투에 아델리느는 눈초리를 치켜세웠다.

"너무해요, 유모까지 그런 소리를 하는 거예요? 저는 모다브와 볼프스베데의 우호를 위해 시집왔어요. 무엇보다 지크바르트를 죽일 수도 없고, 나라를 집어 삼키는 일 같은 것도 할 수 없어요."

'지크바르트가 의심이 심한 이유는 유모의 교육 탓이잖아' 하고 생각하며 아델리느는 감정에 맡겨 불만을 늘어놓았다.

"지금까지의 아내들도 그런 소리를 지껄였지. 그런 주제에 폐하의 음식에 독을 탔어."

유모는 단도를 손에 든 채 아델리느에게 다가섰다. 이 이상 없을 정도로 처절한 노기가 방 안에 가득 찼다.

"……어? 그건 무슨 소리예요? 그런 이야기는 몰라요. 지크바르트가 부정을 날조해서 황비를 쫓아냈다고 들었는데요."

지크바르트가 아내들에게 독살당할 뻔했다는 소리 따위, 아델리느는 한 번도 귀에 담아본 적이 없었다.

"어리석은 것. 맨 처음 황비인 바헴 대공의 딸은 독을 타지 않았지만, 두 번째인 괼러 재상의 딸도 세 번째인 롬샨 왕국의 제일왕녀도 네 번째인 슈베르니 왕국의 제일왕녀도 지크마르드 폐하의 음료에 독을 섞어서……."

유모의 말을 가로막듯이 지크바르트가 딱 잘라 말을 꺼냈다.

"이제 쉬어라. 몸에 나쁘다."

지크바르트는 유모에게서 단검을 빼앗아 들고는 침대에 눕히려고 했지만, 아델리느는 있는 온 힘을 쥐어짜내 막았다.

　"유모, 차분히 듣고 싶어요. 세상에서는 말이죠, 지크바르트가 악당이 되어 있어요. 잔학왕은 지크바르트의 별명이에요."

　아델리느는 지크바르트의 팔을 뿌리치고 도전하는 눈으로 유모에게 다가갔다. 받아들이겠다는 양 유모는 무서운 형상으로 소리쳤다.

　"닥쳐라, 지크바르트 폐하를 젊다고 깔보는 녀석들이 한 짓이야. 그런 소문에 속지 마라. 추잡한 녀석들은 소문 퍼뜨리기를 잘하지. 우리네 남정네들은 싸우는 건 잘하지만 소문을 막는 것은 서툰 게야."

　"그럼 정직하게 진실을 가르쳐 줘요. 지금까지 네 사람의 황비는 흠잡을 데 없는 아내들이었다는 평판이에요. 맨 처음 조피 황비는 태어나면서부터 정해진 약혼자였지요? 세 살 연상으로 머리가 좋은 미녀였죠?"

　첫 번째라는 의미를 담아 아델리느는 검지를 유모를 향해 세웠다.

　"오오, 바헴 대공가의 조피는 약아 빠진 암여우였어. 나도 완전히 속았지."

　유모는 어딘가 아득한 눈으로 황태자였던 지크바르트와

조피의 결혼에 대해서 이야기를 꺼내기 시작했다.

경사스러운 황태자의 결혼식으로부터 닷새 후, 지크바르트의 아버지였던 황제는 세상을 떠났다. 나라 안에서 일어난 폭동을 진압하기 위해서 출정했지만 유탄에 빗맞아서 목숨을 잃었던 것이었다. 그 결과 지크바르트는 열네 살의 어린 나이로 황제의 자리에 올라 정치의 실권을 쥔 섭정을 두게 되었다. 지크바르트의 어머니였던 선황비나 재상이 아니라 지크바르트의 장인, 즉 조피 황비의 아버지였던 바헴 대공이 섭정에 취임했다. 지크바르트의 의사가 아니라 조피 황비와 바헴 대공의 뒷공작에 의한 것이었다. 다른 요직에도 바헴 대공의 일족이 이름을 올렸다.

아직 어렸던 지크바르트는 장인을 중심으로 한 권력에 맞설 수 없었다. 선황비나 유모, 측근인 빅토르나 로데리히는 가장 큰 세력이 된 조피 황비나 바헴 대공에게 불신감을 품게 되었다고 했다.

그리고 빅토르와 로데리히가 선황제가 암살되었다는 사실을 파악했다. 예상과는 다르게 바헴 대공이 암살자를 고용해서 선황제를 암살했던 것이었다. 목적은 어린 황제의 섭정으로서 실권을 잡는 일이었다.

지크바르트가 조피를 추궁하자 그녀는 울면서 자백했다고 한다. 눈앞에 바헴 대공이 고용했던 암살자가 있었기에 약아 빠진 조피도 발뺌할 수 없었던 것이었다. 지크바르트는 울면서 용서를 구하는 조피를 내쳤다.

"이혼이다. 너는 아버지 곁으로 돌아가 이후의 일에 대해서 이야기 나눠라."

결혼식으로부터 한 달도 채우지 못한 사이, 지크바르트는 조피를 친정으로 돌려보내고 바헴 대공이 어떻게 나올지를 기다렸다. 바헴 대공이 자기 죄를 뉘우치고 스스로 무너질 것이라고 생각했던 모양이었다. 그러나 바헴 대공은 사죄는커녕 지크바르트에게 불리한 소문을 퍼뜨렸다.

"폐하께서 있지도 않은 조피 황비의 부정을 탓해 일방적으로 이혼한 것이 되었습니다. 서둘러 손을 쓰지 않으면 폐하의 명예에 흠이 생깁니다……. 이미 늦었는지도 모릅니다……."

빅토르가 충언한 보람도 없이 순식간에 지크바르트는 나쁜 남편이 되었다. 덤으로 바헴 대공은 섭정으로서 계속 눌러앉아 귀족들을 선동해 커다란 폭동을 획책하기까지 했다.

"바헴 대공 일족을 치겠다."

그리하여 지크바르트는 어머니인 선황비를 새로운 섭정으로 세우고 결사적으로 바헴 공국을 멸망시킨 것이었다.

거기까지 단숨에 말한 유모의 눈에는 닭똥 같은 눈물이 흘러내렸다.

"……네 이놈, 바헴 대공. ……지크바르트 폐하께서 베푸신 자비를 짓밟은 게다. 지크바르트가 미쳤다, 지크바르트를 퇴위시켜라, 같은 트집을 잡고는……. 바헴 대공에게 어설프게 볼프스베데 황국의 제위 계승권이 있었던 탓에……."

예상하지 못했던 말에 아델리느는 그저 아연해졌다.

"……그, 그런 일이. ……그게 사실이라면 어째서 정반대의 소문이 퍼지지 않은 거죠?"

아델리느는 흥분했지만 그 이상으로 유모의 호흡은 흐트러져 있었다. 당장에라도 혈관이 찢어질 것만 같은 분위기였다.

"그러니까 말하지 않았나. 우리네 남정네는 너무 성실해서 잘못된 소문을 바로잡을 수 없었던 게야."

"거기까지 해라, 이제 쉬어라."

지크바르트는 유모를 다독이듯이 말하더니 아델리느의 허리를 움켜쥐고 큰 보폭으로 걷기 시작했다.

"……자, 잠깐, 아직 이야기는 끝나지 않았어요. 아직 세 사람 분량, 남아 있어요."

아델리느가 필사적으로 버티려 해도 지크바르트의 완력 앞에서는 버틸 재간이 없었다. 빅토르와 로데리히가 유모를 침대에 눕혔다.

"네가 들을 필요는 없다."

지크바르트는 굳은 표정을 지으며 아델리느의 몸을 질질 끄는 모양새로 나아갔다.

"필요 있어요. 저는 지크바르트의 아내가 되었잖아요? 제대로 들을 권리가 있어요."

아델리느의 저항도 덧없이 유모가 있는 방에서 끌려 나왔다. 무거운 문이 무정하게도 닫혔다.

"들어서 어쩌려고?"

지크바르트가 냉철한 눈으로 내려다보았지만 아델리느는 망설이지 않았다.

"듣고 나서 생각하겠어요. 대체 어째서 그렇게 된 거예요? 분명히 말하자면 믿을 수 없어요."

아델리느 자신에게는 아무런 힘도 없었지만 여차하면 아버지의 힘을 빌릴 것이다. 어쩌면 아버지는 지크바르트의 아내에 대한 일을 무언가 아는지도 몰랐다.

"믿지 못하겠다면 믿지 않아도 된다."

'훗' 하고 지크바르트는 자조 어린 코웃음을 날렸다. 물론 아델리느는 물러서지 않았다.

"그러니까 그 태도가 안 된다는 거예요. 서투름에도 정

도가 있지 않나요?'

'믿어주지 않는다면 믿어주게끔 하는 거예요' 하고 아델리느는 빠른 어조로 쏘아댔다.

"시끄러워."

지크바르트는 지긋지긋하다는 듯이 혀를 차더니 아델리느의 몸을 가볍게 안아 올렸다. 그리고 그대로 큰 보폭으로 복도를 나아갔다.

"……어, 어디 가는 거예요?"

등 뒤에서 측근들이나 프랑소와즈가 따라오는 기색은 없었다. 격전의 흔적이 남은 복도에 경비병은 한 사람도 서 있지 않았다.

"아내라고 주장한다면 아내의 역할을 다해라."

지크바르트는 의미심장하게 눈을 가늘게 뜨더니 오래된 문 건너편으로 걸어갔다. 투박한 성에 어울리지 않는 부드러운 분위기의 공간이 펼쳐졌다. 커튼이나 카펫 색은 지크바르트의 어머니가 좋아했다고 하는 진한 붉은색이었다. 기둥이나 난로에 새겨진 문장으로 보아하니 일반 귀족이 발을 들일 수 없는 황비의 방 중 일부이리라.

"……네? 저는 지크바르트의 아내예요. 이혼당할 마음은 없어요. 아내니까 진짜 지크바르트를 알고 싶어요."

어째서 지크바르트에 대해서 이렇게나 알고 싶은지 아델리느는 명확하게 자각하지 못했다. 다만 진정한 지크바르트의 모습을 무척이나 알고 싶어서 견딜 수 없었다. 모든 사실을 알아두어야 만족스러웠다. 무엇보다 사안이 사안인 만큼 흘려들을 수 없는 것이었다. 만약 유모의 이야기가 진실이라면 지크바르트의 원통함은 헤아리고도 남을 것이다.

"그렇다면 알도록 해라."

지크바르트는 느긋하게 말하고는 아델리느의 몸을 천개 달린 침대로 가라앉혔다.

"……어? 지크바르트? 뭘 하는 거예요?"

아델리느는 위로 덮쳐온 지크바르트의 다부진 몸에 동요했다. 두 사람 분량의 체중이 올라간 침대가 묵직한 소리를 내며 삐걱거렸다.

"진정한 나를 알고 싶지 않나."

지크바르트의 손이 아델리느가 입은 드레스의 가슴께를 억지로 벗기려고 했다. 모다브 드레스의 리본을 난폭한 손놀림으로 풀었다.

"……그, 그게 아니에요. 이런 의미가 아니라고요."

아델리느는 자신의 가슴에 있는 지크바르트의 손을 꼬집었다.

"이제 조용히 해."

지크바르트는 날카로운 눈을 더욱 매섭게 뜨며 검을 뽑았다. 수많은 피를 빨아들인 볼프스베데 황국에 전해져 온 명검이었다.

격렬한 빛을 뿜는 검 끝에 아델리느는 숨을 삼켰다. 이미 손가락 하나 움직일 수 없었다.

"움직이지 마."

지크바르트는 짜증난다는 듯이 검으로 아델리느의 호화로운 드레스 째로 코르셋을 베어냈다. 광택이 있는 드레스에 달려 있던 정교한 모다브 드레스와 다이아몬드가 바닥에 흩어졌다. 코르셋이 기분 나쁜 소리를 내며 찢어졌다.

그렇다고는 해도 아델리느의 흰 가슴께를 장식한 커다란 알의 다이아몬드 목걸이에 검을 휘두르지는 않았다. 그저 아델리느가 몸에 걸친 의류를 벗기려고 하는 것이었다.

눈 깜짝할 사이에 아델리느의 몸을 감싼 천은 줄어들었다. 이대로는 태어났을 때 그대로의 모습을 드러내게 된다.

"……지크바르트, 황제에게 있을 수 없는 행동……."

아델리느가 간신히 목소리를 내자, 지크바르트는 화가 난다는 듯이 말했다.

"돈 많은 여자의 드레스는 성가셔."

"곁에 선 지크바르트의 체면을 세우려고 열심히 치장했다고요. 그렇게 말할 건 없잖아요."

아넬리느가 새빨간 얼굴로 소리치자 지크바르트는 검을 놓았다. 그리고 무뚝뚝한 얼굴로 아델리느의 몸에 남은 의류를 뜯어냈다.

"내 체면?"

"그래요. 화려한 아내를 데리고 있는 쪽이 남편은 기쁘잖아요. 지크바르트를 위해서 세 시간이나 걸려서 예쁘게 꾸몄다고요."

처음 거성에 들어선 날이기도 해서 프랑소와즈나 시녀들은 필사적이었고, 아델리느 역시 거울 앞에서 진지하게 고민했던 것이었다.

"필요 없어."

지크바르트가 내뱉듯이 말하자 아델리느의 눈이 촉촉이 젖었다.

"……모처럼…… 모처럼…… 일찍 일어나서 목욕하고 피부에 팩을 하고, 군복 차림을 한 지크바르트와 어울릴 만한 드레스와 보석을 고르고…… 노력했는데……."

아델리느는 일찍이 오늘 아침만큼 몸단장에 신경을 쓴 적이 없었다. 국왕이 주최하는 중요한 무도회에서 드레스를 고르는 것에 망설이는 프랑소와즈의 태도에 대충 고르길 바라며 안달했던 기억도 있었다. 명백히 지크바르트의 존재로 인해 아델리느는 변했던 것이었다.

"그런 일을 하지 않아도 돼."

"지크바르트는 아내가 지저분해도 괜찮아요?"

아내가 자신의 아름다움에 무심해졌을 때 남편은 애인을 만든다고 들었다. 모다브 왕궁에서도 여기저기 굴러다니는 이야기였다.

"너는 귀여워. 세 시간이나 쓸데없이 시간을 낭비하지 마."

지크바르트는 언짢은 표정으로 말하더니 아델리느의 몸에 남아 있던 마지막 하나를 바닥에 던졌다.

아델리느의 매끄러운 살결을 덮는 것은 아무것도 남지 않았다. 그러나 아델리느는 망측한 자신의 모습을 돌아볼 여유가 없었다.

"……저, 귀여워요?"

일순 아델리느는 잘못 들었나 생각했지만 지크바르트의 차가워 보이는 입술에서 분명히 소리를 냈다.

"……그래."

지크바르트는 자신이 한 말을 깨닫고 아델리느에게서 시선을 피했다. 아무래도 쑥스러운 모양이었다.

"정말로 귀여워요? 정말로 귀엽다고 생각해요?"

아델리느는 머뭇머뭇 지크바르트의 얼굴을 향해 손을 뻗었다.

"……그래."

체념했는지 지크바르트는 앓는 소리를 내며 긍정했다.

"처음으로 칭찬받은 것만 같은 기분이 들어요."

지금까지 가족이나 왕궁의 사람들에게 실컷 칭찬받았지만, 지크바르트의 한마디가 무엇보다 기뻤다.

"어째서 그렇게 기쁜 표정을 짓지?"

아델리느가 기뻐하리라고는 생각하지 않았던 모양인지 지크바르트는 크게 당황했다.

"당연하잖아요."

아델리느 스스로도 이유 따위는 생각하지 않았다. 그저 기뻐서 견딜 수 없었다. 무서운 황제에게 인정받은 것만 같은 기분마저 들었다.

"모르겠다."

지크바르트가 애첩을 거느리지 않았다는 소문은 틀림없었다. 애첩이 있었다면 훨씬 더 여성을 다루는 방법이 능숙했을 터였다.

"아내를 향해서 검을 휘둘러서는……. 아니, 아내의 드레스를 벗기는데 검을 써서는 안 돼요."

이 상황에서 흘려 넘겨서는 안 된다고 생각하며 아델리느는 젖은 눈으로 지크바르트를 바라보았다. 무슨 일이든 전례를 만들면 나중에 큰일 난다. 새삼스럽지만 자신의 모습을 깨닫고 모포를 가슴까지 끌어당겼다.

"정말로 성가신 여자로군."

지크바르트의 표정과 음성은 평소와 다르지 않지만 분위기는 명백히 부드러워져 있었다.

"정말……. 그럼, 저는 성가신 여자니까 가르쳐 줄 때까지 계속해서 물어볼 거예요. 두 번째인 괼러 재상의 영애와 했던 결혼은 어땠어요? 잔학왕은 아버지 대부터 섬겨온 충신을 참살했다고 들었어요. 괼러 재상의 영애가 독을 탄 건 가요?"

아델리느의 근성에 졌는지 지크바르트는 띄엄띄엄 말하기 시작했다.

"어머니께서 재혼 상대로 고른 사람은 아버지께서 신뢰했던 괼러 재상의 딸이었다. 황제가 언제까지나 독신으로 있을 수는 없었지. 어머니의 권유도 있어서 괼러 재상의 딸을 맞이했다."

후계자가 없는 어린 황제가 언제까지고 독신으로 있을 수는 없었다. 어머니인 선황비가 재혼에 조급해하는 것은 당연한 일이었고, 신임이 두터운 괼러 재상의 영애를 고른 것은 이치에 맞았다. 다만 괼러 재상은 딸이 황비가 된 순간 그때까지 숨겨 왔던 야심을 드러냈다. 이전 섭정과 마찬가지로 괼러 재상이 권력을 쥐고 자신의 일족을 등용하기 시작해 공로자들을 차례차례 한직으로 몰아냈던 것이다.

지크바르트가 주의를 주자 괼러 재상은 어전 회의에서 음습하게 맞받아쳤다. 어린 지크바르트는 몇 번이고 모든 사람이 있는 자리에서 치욕을 당했다고 했다.

지크바르트가 선황비나 측근들의 손을 빌려 괼러 재상을 억누르려고 했을 무렵의 일이었다. 지크바르트와 황비가 정원에서 만월을 바라보면서 사과주를 마셨던 밤이었다.

황비는 아버지의 지나친 행동을 사죄하면서 지크바르트

에게 두 잔째 사과주를 권했다. 그러자 그때 지크바르트의
어머니인 선황비가 나타났다.

"황제 폐하, 황비, 아름다운 달에 이끌려 왔습니다. 저도 동석
해도 될까요?"

지크바르트는 별생각 없이 자신에게 준비된 사과주를 선
황비에게 권했다.

"어마마마, 드시지요."

선황비는 사과주를 마신 순간 입에서 하얀 거품을 토하
며 목숨을 잃었다. 추하게 몸부림치며 괴로워하지 않았던
점만이 불행 중 다행이었다.

선황비가 입에 댔던 사과주에 독극물이 섞여 있었다는
사실은 틀림없었다. 독살의 목표는 선황비가 아니라 지크
바르트였고, 실행범은 괼러 재상의 뜻을 받아들인 황비였
다.

지크바르트는 황비를 친정으로 내쫓고 괼러 재상에게 자
결을 재촉했다. 그만큼 아버지 대에 남긴 괼러 재상의 공적
이 컸기 때문이었다. 그렇지만 괼러 재상은 일족을 모두 내
세워 지크바르트에게 저항했다.

지크바르트는 허무함에 괴로워하면서도 괼러 재상 일족을 멸망시켰던 것이었다. 세상을 떠난 아버지의 충신을 믿었던 내가 어리석었다고.

두 번째 아내와의 과거를 모두 이야기한 뒤, 지크바르트는 어딘가 자조 섞인 기색으로 웃었다.

"첫 번째 결혼도 두 번째 결혼도 같은 결과, 나는 같은 잘못을 반복했다. 어리석었지."

신하 중에서 결혼 상대를 가려냈지만 아내의 일족이 품은 야심에 데이고 말았다. 당시의 지크바르트가 너무 어렸기에 이용당하고 만 것이리라.

"어째서 그런 일이……. 바헴 대공도 그렇고 괼러 재상도 그렇고 실권을 쥐어서 어쩔 셈이었죠? 국왕은 큰일이라고요."

아델리느가 나라의 정점에 선 아버지의 고뇌를 지적하자, 지크바르트는 입가를 살짝 일그러뜨렸다.

"사람의 야심에는 끝이 없지."

"……아, 아바마마께서도 초콜릿을 드시면서 흘리셨던 푸념이에요."

"네 아비지도 푸념을 하나."

지크바르트는 제왕학을 배우기는 했지만 황제의 나날을 배운 기간이 너무 짧았다. 모다브 국왕의 고뇌를 접하고 지크바르트는 무어라 형용하기 어려운 감성을 표정에 드러냈다.

"가족의 앞에서는 의외로 푸념을 하세요. 그렇지만 공적인 자리에서는 항상 싱글벙글하고 계세요. 아무리 몸이 안 좋아도요."

'지크바르트도 그랬겠지요' 하고 아델리느는 지크바르트의 야윈 뺨을 다정하게 쓰다듬었다.

"네 아버지도 그런가."

"혹시나 세 번째인 롬샨 왕국의 제일왕녀도 같은 패턴이에요?"

세 번째 혼담은 롬샨 왕국에서 들어왔는데 가뭄이 이어져서 농작물 부족으로 신음하던 볼프스베데 황국으로서는 좋은 동맹이었다. 비옥한 토지를 가진 롬샨 왕국은 매력적이었다. 결혼 후 롬샨 왕국에서 대량의 농작물을 사들이는 것으로 볼프스베데 황국민은 굶주림을 버렸다.

"롬샨 왕국의 제일왕녀는 처음부터 나를 독살할 셈으로 시집왔다. 실행범은 시녀였지만 말이지."

지크바르트는 사무적으로 세 번째 결혼에 대해서 언급했다.

롬샨 왕국의 제일왕녀는 국왕에게서 사명을 부여받은 자객이었다고 한다. 뒷배가 없는 젊은 지크바르트가 다스리는 제국을 빼앗으려고 했던 것이었다.

"후계자도 없는데 지크바르트를 암살하면, 롬샨 왕국의

제일왕녀는 친정으로 돌아가게 되잖아요?"

'너무 이르다고요'라고 말하며 아델리느는 남편을 먼저 떠나보내고서 돌아왔던 모다브 왕가의 왕녀들을 떠올렸다.

"내가 죽은 뒤에도 황비로 남아 볼프스베데 황국을 롬샨 왕국으로 병합할 셈이었던 모양이다."

당시 롬샨 왕국의 국력은 볼프스베데 황국을 아득히 능가했다. 오 년 전까지만 해도 볼프스베데 황국군은 용병으로서 롬샨 왕국에 돈으로 고용되고 있었던 것이었다.

"그런 무모한."

동서고금을 막론하고 국경을 둘러싼 나라 사이의 전쟁은 각지에서 있었다고 교육 담당에게 배우기는 했지만, 우아하고 아름다운 모다브 왕궁에서 자란 아델리느는 도무지 받아들일 수 없었다.

"내가 무력하다고 얕보인 결과다."

긍지 높은 황제는 분하다는 듯이 이를 악물었다. 승산 없다는 예견에도 불구하고 롬샨 왕국으로 쳐들어가 자국으로 집어삼킨 뒤인 지금에도 쓸쓸한 과거인 모양이었다.

"설마, 네 번째인 슈베르니 왕국의 제일왕녀도 같은 패턴이에요?"

지크바르트가 네 번째로 맞이한 아내는 오랜 역사의 슈베르니 왕국의 제일왕녀였다. 아델리느의 오빠인 왕태자는 제이왕녀와 약혼했었다.

"그렇다."

지크바르트는 깨끗이 인정했지만 아델리느는 어안이 벙벙해지고 말았다.

"어째서 네 번이나……."

아델리느가 솔직한 마음을 밝히자 지크바르트는 자국의 약점을 입에 담았다.

"볼프스베데 황국도 비옥한 토지를 가진 슈베르니 왕국과 동맹을 맺고 싶었지. 우리나라의 기후나 토지에서 국민의 주린 배를 채울 농작물은 자라지 않는다."

'군사력을 키울 수밖에 없었다'라고 지크바르트는 혼잣말처럼 툭 흘렸다. 불리한 싸움을 계속해서 이겨온 지크바르트는 적에게서도 군사의 천재라는 말을 들었다. 특히 지형이나 기후를 이용한 전법에 탁월했다. 겨우 오만의 병사로 삼백만 슈베르니 왕국군을 전멸시킨 국경 부근의 전투는 지크바르트의 이름을 온 대륙에 퍼뜨렸다.

"볼프스베데 황국에서도 감자는 자라기 쉽다고 들었어요. 그래서 감자 요리뿐인 거군요."

"아아."

"볼프스베데 황국에 롬샨 왕국도 슈베르니 왕국도 편입시켰으니 식량 사정은 좋아졌을 거예요. 슈베르니 왕국의 식사는 맛있었어요."

비옥한 토지를 가진 롬샨 왕국도 슈베르니 왕국도 이제

와서는 볼프스베데 황국의 한 지방이었다. 본래대로라면 나라 안에서 국민의 식료품을 조달할 수 있을 터였다. 어째서 아직 식량 사정이 개선되지 않았는지 아델리느 입장에서 보면 이해가 가지 않았다.

"농작물의 부정 유출이 횡행하고 있다. 롬샹과 슈베르니의 잔당은 남아 있어."

지크바르트는 나라를 정복해도 민심까지는 장악할 수 없었다. 자세히 말하자면 롬샹 왕가나 슈베르니 왕가처럼 농민에게서 농작물을 징수하는 일이 서툰 것이었다.

"농작물의 부정 유출? ……아아, 잔뜩 밀을 수확했는데 조금밖에 얻지 못했다고 거짓말을 하고서, 어딘가로 팔아넘기고는 돈을 버는 일이죠?"

"나쁜 짓을 하는 사람은 농민이 아니다."

"응, 모다브에서도 마찬가지였어요. 농민을 괴롭혀서 많은 농작물을 거둬들이고는 멋대로 팔아넘기는 관리, 비싸게 판매하는 상인이 있었어요. 관리가 악덕 상인에게 뇌물로 매수된 모양이었어요."

예전에 모다브 왕국에서도 머리를 싸맸던 문제였다. 나쁜 사람은 농민이 아니라 그 사이에 선 관리이고 암약하는 암거래 상인이었다. 모다브 왕가는 농민을 괴롭히지 않고 농작물을 납부하도록 법을 개정했다.

"마찬가지다. 부정 유출로 벌어들인 돈으로 모다브 레이스나 다이아몬드 같은 사치품을 사들여, 국내에서 세 배 이상의 고가로 팔아넘기는 녀석들이 많아."

지크바르트의 눈을 피해 큰돈을 손에 넣는 자는 드물지 않았다. 그 결과, 가난한 사람은 점점 가난해지고 부유한 사람은 점점 부유해졌다.

"……어? 모다브 레이스나 다이아몬드가 사치품?"

갑자기 튀어나온 모국 이야기에 아델리느는 당황했다.

"모다브와 무역 조약을 맺고 싶었지만 오 년이나 기다리게 했지."

모다브 왕국과 무역 조약을 맺지 않으면 더욱 암시장이 성행하고 빈부의 격차가 커진다. 지크바르트를 비롯한 측근, 대신들의 의견은 일치했고 어물쩍어물쩍 피하는 모다브 왕국으로 찾아갔던 것이다.

"지크바르트의 평판이 너무나 지독했군요……. 잠깐 기다려 봐요. 그렇담 어째서 지크바르트가 나쁜 사람이 된 거죠?"

지크바르트가 거짓말을 한다고는 생각할 수 없었다. 아델리느는 새삼스럽게 결혼도 동맹도 일방적으로 파기하는 잔학왕의 소문에 생각이 미쳤다.

"유모가 말하지 않았나. 나도 볼프스베데도 정보 조작이 서투르다."

첫 번째 결혼으로 지크바르트에게 엉겨 붙은 나쁜 소문

을 불식시키지 못한 일이 나중에까지 영향을 끼친 듯했다. 상대방은 지크바르트의 나쁜 소문을 부풀려서 실컷 악용한 모양이었다.

어찌 되었든 지크바르트는 승자이고 세간의 동정은 패자에게 향했다. 섣부른 정보 조작은 역효과였다.

"롬샨 왕국이나 슈베르니 왕국의 정보 조작이 지크바르트를 잔학왕으로 꾸며낸 거예요? 어째서 오해를 풀지 않았나요? 군사력보다 정보력이라든가 외교에 힘을 쏟는 편이 나을 거 같은데요."

지크바르트의 주변에 있는 남자들은 하나같이 붙임성이라고는 눈곱만큼도 없었다. 아무리 낙관적으로 보아도 외교능력은 기대할 수 없으리라.

"잔학왕이라도 상관없어."

지크바르트는 아무렇지도 않은 양 시원스럽게 말했다. 허세도 아니거니와 폼을 잡는 것도 아니었다.

"어째서요?"

"잔학왕이라고 두려워하면 좀처럼 덤벼들지 않아."

지금 현재 잔학왕으로서 두려움의 대상이 된 지크바르트에게서 제위를 빼앗으려고 일을 꾸미는 자는 없으리라. 절대적인 세력을 자랑하는 웨이스데일 제국조차 지크바르트에게 한 수 접어두고 있기에.

"……서, 설마, 지크바르트는 잔학왕의 소문을 부정하지 않았어요?"

지크바르트의 깊은 고뇌를 깨닫고 아델리느는 목소리를 높였다.

"인재도 자금도 부족했다."

지크바르트는 담담한 어조로 나라 안 실정을 밝혔다. 그는 정보 조작에 사용할 자금으로 조금이라도 가난한 백성을 도우려고 했던 것이었다.

"볼프스베데 황국은 웨이스데일 제국에 맞먹는 대국이라고 배웠어요, 거짓말이에요?"

"싸운다면 맞먹지."

선조부터 명맥을 이어온 호전적인 기사의 피가 지크바르트에게도 흐르고 있었다. 동맹에 의한 공존은 전혀 생각하지 않았다.

"지크바르트는 싸움은 잘해도 통치나 장사는 서투른 건가요?"

아델리느가 거리낌 없이 꼭 집어 지적하자 지크바르트는 쓴웃음을 흘렸다.

"나만이 아니다. 내 신하들도 그렇지."

"모다브의 남자와는 정반대라고 들었지만 정말로 정반대로군요. 모다브의 남자와 합쳐서 반으로 나누면 딱 좋을 텐데……. 응, 그건 무리겠네요. 그렇지만 모다브와 협력하면 분명 잘될 거예요."

아델리느는 어디까지나 긍정적이었지만, 지크바르트는 과거를 돌아보라고 했다.

"부유한 나라의 공주, 모다브와는 달리 우리나라는 가난하다. 돌아가겠나?"

지크바르트의 신랄한 말에 아델리느는 기죽지 않았다. 무엇보다 지크바르트는 진심으로 아델리느를 쫓아내려고 들지는 않았다. 요 며칠 하루 종일 함께 있으며 어쩐지 감각으로 파악한 직감이었다.

"가난해요? 그 정도로 투덜대지 않아요. 감자도 얇게 썰어서 기름에 튀겨 소스를 찍어 먹으면 맛있어요. 소스를 바꾸면 질리지 않아요. 맡겨둬요."

"볼프스베데 황국의 요리 종류는 풍부하다. 내가 요리사에게 절약하기 위한 요리를 만들도록 시켰을 뿐이다."

지크바르트가 직접 내린 명령에 따라 요리사는 계속해서 검소한 요리를 만들고 있다고 했다. 그 결과, 황비인 아델리느의 식사 역시 그에 맞춰진 것이었다.

"양고기 커틀릿이라든가, 뼈 붙은 돼지 다리 찜이라든가, 송아지 고기를 채운 빵이라든가, 돼지 정강이 고기구이라는가, 돼지고기 만두라든가, 새끼 양의 간으로 만든 경단을 넣은 수프라든가, 파프리카 풍미의 소고기 스튜라든가, 소고기 롤이라든가, 삶은 양배추 말이라든가, 헤크트 어로 만든 안초비 버터라든가, 복숭아 수프라든가, 체리와 초콜릿 크림과 생크림을 넣은 케이크라든가, 레드 커런트라든가, 산딸기를 이용한 베리 케이크라든가, 바움쿠헨이라든가, 튀긴 과자인 슈니발렌이라든가, 검은 양귀비 열매를 사용한 케이크라든가, 호밀에 꿀이나 스파이스를 첨가해서 반죽해 구운 레이프쿠헨이라든가, 아몬드 슬라이스를 듬뿍 얹은 크림 샌드위치라든가, 브레첼이라든가, 허브를 넣은 소시지라든가, 상하기 쉬워서 갓 만들어야 먹을 수 있는 흰 소시지라든가, 맛있는 요리가 잔뜩 있다는 말은 사실이군요?"

아델리느가 술술 말을 잇자 지크바르트는 냉소적으로 입가를 풀었다.

"잘도 기억하는군."

'역대 황제의 이름도 기억하지 못하면서' 하고 지크바르트는 은근히 비아냥거렸지만 아델리느는 신경 쓰지 않았다.

"잊을 리 없잖아요. 로데리히가 가르쳐 줬어요. 거성에 가면 먹을 수 있을 거라고."

미식의 나라에서 온 왕녀는 감자투성이인 식단에 질려서 귀국해 버릴지도 모른다. 로데리히는 그런 의심을 품은 모양인지 은근슬쩍 볼프스베데의 요리를 입에 담았었다.

"로데리히가 그런 말을 했나."

지크바르트는 놀란 모양인지 녹색 눈이 크게 흔들렸다.

"황제의 성에 갈 때까지 참으라든가? 그런 의미였을 거예요. 로데리히가 저를 황비로서 받아들여 줬다는 기분이 들어서 기뻤어요."

'감자 요리는 백 종류 이상 있습니다만, 그 외에도 이런 저런 맛있는 요리가 있으니 거성에서 드셔봐 주십시오' 하고 로데리히는 조심스러운 말투로 말했다. 그 의도를 모를 정도로 아델리느는 둔하지도 않거니와 어리석지도 않았다.

"그런가."

"지크바르트가 절약에 힘쓴다면 저도 함께하겠어요. 초콜릿은 잔뜩 가지고 왔으니 당분간은 버틸 수 있을 거예요."

아델리느는 백성을 생각하는 지크바르트에게 진심으로 감동했다. 아버지가 기대한 대로 나쁜 남자는 아닌 데다 잔학무도한 폭군도 아니었던 것이다.

"내가 아무리 절약에 힘써도 소용없다고 뼈저리게 느꼈다."

지크바르트는 황제인 자신이 근검절약에 힘쓰면 누구나 자연스럽게 따르리라고 생각한 모양이었다. 하지만 그 결과 지크바르트에게 충성을 맹세한 귀족이나 병사만이 근검절약에 힘쓸 뿐, 부유한 사람에 대한 억제력은 되지 않았다.

"……음, 조금 더 다른 방법으로 하는 편이 좋을 거예요.

황제의 패션이나 식생활을 따라 하는 사람은 많지만, 황제의 절약을 따라 하는 사람은 적은걸요.”

아델리느는 모다브 왕궁에서 국왕과 귀족들을 직접 보았다. 조금이라도 국왕에 다가가기 위해 눈물겨운 노력을 하는 귀족은 많았다.

“네가 그렇게 깨우쳐 줄 줄이야…….”

지크바르트는 자조 섞인 미소를 짓고는 아델리느의 머리카락을 살짝 쓰다듬었다. 풍성한 촉감을 즐기는 모양이었다.

“무슨 뜻이에요? 뭔가 콕콕 찌르는 비아냥을 느꼈어요.”

“비아냥이 아니야.”

“어쨌거나 잔학왕의 소문은 어떻게든 해야죠. 오라버니께서도 지크바르트를 오해하고 계시는 상태예요. 오라버니께선 슈베르니 왕국의 제이왕녀를 깊이 사랑하셨기 때문에 지크바르트를 원망하고 계세요.”

지크바르트의 동맹 파기에 의한 침략이기는커녕 슈베르니 왕국에 잘못이 있었다. 슈베르니 왕가가 망해도 불평할 수 없었다.

“정략결혼 상대를 사랑했다? 네 오라비는 남색가잖나?”

순간 지크바르트의 말을 이해할 수가 없어서, 아델리느는 왕녀로서 있을 수 없는 표정으로 되물었다.

“……네? 아니에요. 세상을 떠난 약혼자를 아직 사랑하세요."

오빠의 방에는 아직도 약혼자의 초상화가 걸려 있어 낮이고 밤이고 말을 건다고 한다. 오빠의 세상을 뜬 약혼자에 대한 사랑을 의심할 여지는 없었다.

"왕태자가 결혼을 거부한 이유는 남색가이기 때문이라고 들었는데? 총애하는 상대는 시종장이라고."

아무리 온화한 오빠나 시종장이라 해도 이런 이야기를 들으면 지크바르트를 향해서 흰 장갑을 던질지도 모른다. 아델리느는 지크바르트의 듬직한 어깨를 힘껏 때렸다.

"대체 어디에서 그런 엄청난 거짓 정보를 얻은 거예요? 정보 루트에 크게 문제가 있어요."

"빅토르에 로데리히, 크라센 재상, 모두 입을 모았다."

지크바르트가 신뢰하는 사람들은 근면하고 우직했지만, 하나같이 정보 수집 능력이 현저하게 떨어졌고 외교에도 더할 나위 없이 서툴렀다.

"정보 조작이 서투르다는 점은 잘 알겠어요. 분명 지크바르트도 모다브 왕궁을 오해하는 거예요."

"그런가."

"지크바르트의 평판이 나쁘면 나쁠수록 치세도 잘되지 않으리라고 생각해요. 저도 정보 조작에 협력할 테니 맡겨 둬요."

아델리느가 공부방에서는 좀처럼 내지 않는 의욕을 불태

웠지만, 지크바르트는 소리 높여 말했다.

"필요 없다."

지크바르트는 어이없을 정도로 자신의 평판에 무관심했다. 자존심만 터무니없이 세고 허영쟁이에 자신의 소문을 신경 쓰는 왕후 귀족의 손톱의 때라도 먹이고 싶었다.

"필요해요. 지크바르트는 자신의 국민에게도 오해받고 있다고요. 황제의 마차가 지나가는데도 국민이 축복해 주지 않는 나라는 못 써요."

국민들은 그들의 황제를 두려워하는 것도 싫어하는 것도 아닌 모양이었지만, 지크바르트가 탄 마차를 향한 커다란 환성도 화려한 꽃보라도 없었다. 애당초 황제의 마차를 환영하는 국민의 행렬도 없었던 것이었다.

"입 다물어."

말로 해서는 이길 수 없다는 사실을 깨달았는지 아니면 귀찮아졌는지, 지크바르트는 아델리느의 입을 막듯이 입술을 포갰다.

다정한 인사의 키스가 아니었다. 치열을 혀로 훑으며 혀로 빨아올리자, 아델리느의 몸은 순식간에 이상해졌다. 특히 머리가 멍해져서 아무 생각도 할 수 없을 것만 같았다.

"……응. ……아직 이야기가 끝나지 않았어요……."

아델리느는 숨쉬기 힘들 정도로 뜨거운 지크바르트의 키스에서 벗어나려고 했다. 이 이상 키스를 계속하면 완전히 머리가 마비되고 말 것이다.

"대화 따위, 아무런 도움도 되지 않아."

자신의 과거를 가리키는 것인지 지크바르트는 똑 부러진 음성으로 잘라 말했다.

"그건…… 지크바르트가……."

"대화는 시간 낭비다."

지크바르트는 아델리느의 몸을 덮었던 모포를 끌어당겨 벗겼다. 황제의 시선 끝은 아델리느의 부풀어 오른 가슴이 었다.

"……잠깐…… 싫……."

지크바르트가 가슴의 돌기를 집자 아델리느는 교성을 질 렀다. 벌써 아델리느의 가슴에 자리 잡은 돌기는 딱딱해져 있었다.

"내 아내로 있을 셈이라면 거역하지 마."

양쪽 가슴에 행해지는 애무에 넋을 잃으면서도 아델리느 는 열심히 대꾸했다. 이런 곳에서 이성을 잃어서는 안 되었 다.

"……조, 조금 더 다른 표현이 있잖아요."

"너는 시끄러워."

"지크바르트가 너무 심한 거예요……. 아, 그런 곳을 만 지면 안 돼요."

지크바르트의 손이 다리 사이로 뻗어오자 아델리느는 귀

까지 새빨개져서 소리쳤다.

"내게 불평하지 마."

지크바르트의 손이 억지로 다리 사이에 침입하자 아델리느의 다리가 크게 튀었다. 민감한 부분을 만지작거리는 지크바르트의 손에 아델리느의 숨이 가빠졌다.

"……읍……정말……."

저도 모르는 사이에 아델리느의 허리가 지크바르트의 손놀림에 맞춰서 흔들렸다. 틀림없이 첫날밤과는 달랐다.

"느끼는 건가."

지크바르트는 아델리느의 몸에 일어난 변화를 깨닫고 만족스럽게 입가를 풀었다.

"……그, 그렇지는……."

아델리느는 스스로 체험한 적 없는 쾌감에 곤혹스러웠다. 이런 일, 지금까지 누구도 가르쳐 주지 않았다.

"귀엽게 울어봐."

"심술쟁이."

"나는 잔학왕이라도 상관없어."

말에 아무런 가치도 찾아내지 못한 황제는 몸으로만 이해할 수 있는지도 몰랐다. 아델리느는 격렬한 열정을 몸으로 받아낼 수밖에 없었다. 두 사람만의 달콤하고도 미칠 것만 같은 시간이 이어졌다.

9장

다음 날, 지크바르트의 태도는 차가웠지만 확실히 무언가 변해 있었다. 아델리느도 일일이 지크바르트의 쌀쌀맞은 말에 침울해지지 않았다. 지크바르트가 요령도 없고 서투른 데다 말주변이 없다는 점을 잘 알았기 때문이었다.

"지크바르트, 어디 가요? 저를 잊었어요."

아델리느가 잠시 눈을 뗀 사이에 지크바르트는 위엄 있는 구조의 문을 향해 걷기 시작했다. 지크바르트는 보폭이 커서 우물쭈물하면 놓치고 만다.

"육군 기숙사다."

여자가 가도 즐거운 곳은 아니라고 지크바르트는 날카로 ·

운 두 눈으로 당당하게 말했다.

"저도 가겠어요. 한 적 없는 부정으로 친정으로 되돌려 보내지는 건 싫은걸요. 어디든지 따라갈 거예요."

선언했던 대로 아델리느는 부정이나 의심을 사지 않게끔 늘 지크바르트의 뒤를 따라다녔다.

지크바르트는 매정하게 아델리느를 쫓아내거나 하지는 않았다. 그런 행동이 자연스럽다는 양 황비로서 곁에 아델리느를 데리고 걸었다.

어깨의 짐을 내려놓았다며 측근인 빅토르나 로데리히는 프랑소와즈에게 감사를 늘어놓았다고 했다. 측근들은 스물일곱 살이 되어서 후계자는커녕 아내나 애첩도 없는 황제에게 조바심을 내고 있었던 모양이었다.

아델리느는 지크바르트를 따라다니는 어린아이로 보이는 모양이라서 거성의 사람들을 당황하게 만들기는 했지만 그들도 열흘이나 지나자 자연스럽게 받아들이게 되었다.

"이번 황비님께서는 다르시군요. 까딱 잘못해도 첫 번째 황비나 두 번째 황비 같은 암여우는 아니겠지요."

불행 중 다행이라 해야 할지 당연하다고 해야 할지, 거성에서는 제내로 진실이 파악되있고, 지크바르트도 잔학무도한 악마는 아니었다.

"세 번째 황비도 네 번째 황비도 암여우였지요. 곧바로 대신이나 집정관의 이름과 얼굴을 기억해서 감동했습니다만, 속셈이 있었기 때문이었지요. 아델리느 황비님께서는 대신의 이름을 기억하지 못하는 모양입니다."

"대신의 이름은 고사하고 아델리느 황비님은 역대 황제 이름도, 재상 이름도, 볼프스베데 황국의 역사도, 도시 이름도 기억하지 못하는 모양입니다."

"폐하께는 저런 순진한 황비님이 좋을지도 모릅니다. 폐하의 유모도 아델리느 황비님을 인정한 듯합니다."

당초 아델리느를 자객 취급했던 유모의 오해도 깨끗이 풀렸다. 너무도 아델리느의 성격과 머릿속이 자객에는 걸맞지 않았기 때문이었다. '현명한 자객은 멍청한 여자를 연기할 수 있다. 그러나 저 순진함과 무방비함은 연기가 아니다'라고 유모는 노련하게 아델리느를 판단했다고 한다.

"……아, 아델리느 황비님께서 폐하께 달려드셨습니다. 부유한 나라에서 호강하며 자라온 제멋대로 공주라고 소문으로 들었습니다만 아니로군요."

"아아. 폐하께서 아델리느 황비님을 오른손으로 안으신 채 걷기 시작하셨습니다. 커다란 나무에 나비가 달라붙은 것 같습니다."

교육 담당을 탄식하게 만든 아델리느의 모자란 면모는 깊은 의심에 빠졌던 사람들에게 안도감을 주었던 듯했다. 뜻밖에도 모다브 국왕의 예측은 들어맞고 말았다. 서서 그 이야기를 전부 듣고 있던 프랑소와즈는 복잡한 기분에 빠졌지만, 굳이 아무런 말참견을 하지 않은 채 그 자리를 떠나갔다고 한다.

지금까지 화려함과는 인연이 없었던 대연회장에서는 아델리느를 중심으로 즐거운 대화를 나누게 되었다.

"……있잖아요, 지크바르트, 절대로 독 따위는 들어 있지 않으니까, 모다브 초콜릿을 먹어보세요."

아델리느는 곁에 앉은 지크바르트에게 모다브 국왕이 들려 보내준 비장의 초콜릿을 먹여주었다. 빅토르나 로데리히, 크라센 재상에게도 초콜릿을 내밀었다. 아델리느는 티 없이 웃는 얼굴로 주변에 있던 귀족들에게도 초콜릿을 권했다.

"이게 소문으로 듣던 모다브 초콜릿인가."

"우리나라의 초콜릿과는 다르군. 맛있지만 어떻게 하면 이런 맛이 나는 거지?"

누구나 모다브 초콜릿을 칭찬하자 아델리느는 만면에 웃음을 띠었다. 지크바르트의 입에 두 종류째 초콜릿을 집어넣었다. 아마도 지크바르트 역시 모다브 초콜릿의 품질에 놀랐을 터였다.

"모다브에는 좋은 초콜릿 상인이 많아요. 맛있으면서도 그다지 비싸지 않으니 속지 마세요. 초콜릿만이 아니라 레이스나 다이아몬드도 마찬가지예요. 모다브의 상인은 좋은 상인도 있지만 나쁜 상인도 있어요. 장사 상대가 무지하다는 걸 알게 되면 싼 물건도 비싸게 팔아넘길지 몰라요."

아델리느가 무역에 관해서 주의 사항을 입에 담자, 그 자리에 있던 면면은 기묘한 표정으로 크게 주억거렸다. 다른 나라를 상대로 한 무역이었지만 몇 번이나 호되게 당했었기 때문이었다. 지크바르트가 불같이 화냈던 것은 말할 필요도 없었다.

"아델리느 황비님께서 추천하실만한 상인은 있습니까?"

크라센 재상은 은으로 만든 대접에 놓인 몇 종류나 되는 초콜릿을 바라보고 나서 아델리느에게 온화한 어조로 물었다.

"과자와 과자 장인에는 밝지만 상인은 잘 몰라요. 다만 모다브 사람인 척하는 슈베르니 왕국의 상인과 거래를 하면 안 돼요. 정말로 평판이 나빠요."

멸망한 슈베르니 왕국에서 흘러 들어왔던 질 나쁜 상인에게 모다브 국왕도 머리를 싸맸었다.

"귀중한 정보를 주셔서 감사합니다."

"상인이라면 아바마마께 신용할 수 있는 상인을 소개받도록 하겠어요. 근검절약으로 효과가 없었다면 경제를 활성화하는 편이 좋을 것 같아요. 모다브는 협력을 아끼지 않을 거예요."

아델리느가 초콜릿으로 만든 성 앞에서 역설하자 크라센 재상은 젖은 눈으로 목메었고 지크바르트는 쓴웃음을 흘렸다.

"지크바르트, 이쪽도 먹어 봐요."

아델리느가 세 종류 째 초콜릿을 지크바르트의 입에 집어넣었을 때, 백발의 외무대신이 흥분한 기색으로 찾아왔다.

"모다브 국왕께서 보내신 선물이 도착했습니다."

외무대신이 가리킨 끝에는 커다란 선물을 손에 든 외무관이 몇 명이나 줄지어서 대연회장의 밖에까지 늘어서 있었다. 일찍이 지크바르트의 고성에 이런 막대한 선물이 전해졌던 적은 없었다.

"아바마마께서? 뭘까요? 열어보세요."

아델리느는 아버지에게서 온 선물에 마음이 두근거렸지만, 외무대신은 상당히 곤혹스러운 모양이었다.

"아델리느 황비님, 여기에서 열어보아도 괜찮으시겠습니까?"

"위험한 물건은 들어 있지 않을 테니 안심하세요. 분명 초콜릿이나 쿠키나 캔디나 누가나······. 다들 함께 먹을 수 있는 것이라고 생각해요. 다 같이 먹도록 해요."

아델리느의 예상대로 모다브 국왕에게서 온 선물은 천 가지 종류에 이르는 초콜릿과 쿠키였다.

거기에 눈이 돌아갈 것만 같은 커다란 알의 다이아몬드 브로치와 목걸이, 티아라와 귀걸이 등 뛰어난 물품도 셀 수 없을 만큼 있었다. 단연 돋보이는 물건은 아델리느와 지크바르트의 결혼을 축하하며 만든 다이아몬드 부부상이었다.

등신대에 가까웠다.

"······다이아로 만든 조각? 이런 것은 본 적이 없어."

"이것으로 군함을 몇 척 살 수 있지?"

"작은 나라라면 매수할 수 있는 게 아닐까."

화려한 궁정 문화와 인연이 없었던 볼프스베데 황국의 사람들은 모다브 국왕에게서 온 선물에 압도되었다. 순박해 보이는 외무관은 털썩 주저앉기까지 했다.

"아델리느, 네 아버지는 내게 무얼 요구하는 거지?"

의심 많은 성격이 발휘됐는지, 지금까지 이런 선물을 받아 본 적이 없어서인지, 지크바르트는 수상쩍은 눈으로 아델리느에게 말을 걸었다.

"아바마마께서 바라시는 일은 국민의 행복과 가족의 행복이에요. 딸을 소중히 여기라고 아바마마께서는 지크바르트에게 말씀하고 계시는 거예요."

'저를 다정하게 대하세요' 하고 아델리느가 장난꾸러기 같은 표정으로 말을 잇자, 빅토르와 로데리히는 즐겁다는 듯이 미소 지었다.

'모다브 국왕의 부성애로군요' 하고 크라센 재상도 납득했지만, 지크바르트의 불신감은 잠재울 수 없었다.

"그 이유만으로 이렇게 큰돈을 쓰나? 이만큼 있으면 전쟁도 할 수 있어."

지크바르트는 대륙 제패의 야망을 품지 않았다고 공언했

지만, 속마음으로는 생각하고 있을지도 몰랐다. 선조로부터 이어받은 호전적인 기사로서의 피가 끓는 것이다.

"어째서 그렇게 뭐든지 전쟁으로 연결 짓나요. 싸워서 이겨도 괴로울 뿐이잖아요."

아델리느가 눈을 치켜뜨자 지크바르트는 말문이 막혔고 빅토르가 즐겁다는 듯이 말참견했다.

"볼프스베데 황국에 봄의 여신이 내려왔습니다. 폐하, 지금까지 우리들은 봄을 몰랐습니다. 봄을 즐기도록 하지요."

빅토르의 말에 동의하는 듯 그 자리에 있던 사람들은 제각각 맞장구를 쳤다. 지크바르트를 따라 수많은 격전을 헤쳐 왔던 병사들 역시 그랬다.

"확실히 아델리느 황비님께서는 봄의 여신이십니다."

"아아, 나는 내 눈으로 본 것만을 믿지. 봄의 여신을 본 적은 없지만 분명 아델리느 황비님 같은 여성일 거야."

"아델리느 황비님 곁에 있으면 봄의 햇살에 닿는 것만 같아서 기분이 좋아. 이쪽마저 즐거워지지."

봄의 여신이라고 칭송받은 아델리느는 꽃이 핀 듯이 웃었다. 모든 이의 마음이 편해질 것만 같은 웃음이었다.

"지크바르트, 토끼예요. 보세요."

아델리느가 초콜릿으로 만든 커다란 토끼를 지크바르트에게 보여주었을 때, 젊은 병사가 잰걸음으로 찾아와서 지크바르트에게 경례를 했다.

"보고 드립니다. 웨이스데일 제국이 모다브 왕국을 침공했습니다."

꿈에도 생각지 못했던 보고에 아델리느는 아연해졌지만 지크바르트는 냉정하게 대응했다.

"웨이스데일 제국이 해적의 본성을 드러냈나."

지크바르트에게는 상정하고 있던 것 내의 움직임이었던 모양이었지만, 아델리느는 무엇이 어찌 된 일인지 영문을 몰랐다. 손에 든 커다란 토끼 모양 초콜릿을 떨어뜨릴 뻔하고 말았다.

"······어, 어찌 된 일이죠? 또 엄청난 거짓 정보를 얻은 게 아닌가요? 아바마마께서는 선물을 전해주셨어요."

지크바르트는 측근들에게 재빨리 지시를 내리고 난 후 아델리느에게 의미심장한 시선을 보냈다.

"너에게는 웨이스데일 제국의 황태자와의 혼담이 들어왔었지?"

풍요로운 모다브 왕국은 웨이스데일 제국에게도 매력적이었다. 대두하는 지크바르트에게 위기감을 품었다면 더욱 그랬다.

"네."

'나는 웨이스데일 제국을 찬 게 되는 건가. 고작 그런 이유로 쳐들어온다면 온 세상이 전쟁이야' 하고 생각하며 아델리느가 의아한 눈으로 올려다보자, 지크바르트는 냉소적으로 입가를 일그러뜨렸다.

"모다브 왕국은 웨이스데일 제국과의 동맹을 차버리고 볼프스베데 황국을 선택한 거다. 사실상 선전포고로 받아들여도 별수 없지."

웨이스데일 제국은 지크바르트가 모다브 왕국을 손에 넣지는 않을까 우려했다. 아델리느와 지크바르트의 결혼은 대등한 동맹이었지 모다브 왕국이 제압된 것은 아니었다.

그러나 웨이스데일 제국은 지크바르트와 아델리느의 결혼에 위기감이 커진 모양이었다. 그 결과 선제공격해 나온 것이리라.

"아바마마께서는 웨이스데일 제국과 싸울 마음이 없어요……. 아니요, 모다브는 싸울 수 없어요. 싸울 의욕도 없어요."

모다브 왕국군이 얼마나 나약한지 아델리느는 지크바르트의 갑작스러운 출현으로 뼈저리게 깨달았었다.

"모다브 왕국도 이번만은 외교에 실패한 모양이다. 웨이스데일 제국의 기분을 거슬리게 했지."

아델리느와 지크바르트의 결혼 후, 모다브 국왕이 상선 일곱 척 분량의 다이아몬드와 모다브 레이스를 웨이스데일 제국에 선물했지만 사태를 해결하지는 못했다고 한다. 모다브 국왕의 팔방미인 외교는 무참하게도 암초에 부딪혔다.

"아바마마께서는 무사하시겠죠?"

아델리느가 눈물 어린 눈으로 물었을 때 제2진의 보고가 날아들었다. 젊은 병사가 모다브 왕국 내로 침공한 웨이스데일 제국군에 대해서 보고했다.

웨이스데일 제국은 모다브 해로부터 처들어와서 눈 깜짝할 사이에 모다브 해군을 전멸시켰다는 듯했다. 모다브 해에 맞닿은 땅은 웨이스데일 제국에게 정복당해서 주민은 왕도를 향해 도망쳤다고 했다.

"……웨이스데일 제국은 군함 세 척, 경비를 맡았던 모다브 해군의 군함은 스무 척, 어떻게 하면 지는 거야……. 해군의 보강에도 예산을 쏟아부었을 텐데……."

너무 약하다며 아델리느가 얼빠진 표정으로 어깨를 늘어뜨리자, 지크바르트는 거만한 태도로 말했다.

"나라면 군함 한 척으로도 이길 수 있다."

지크바르트의 의견에 동조하는 양 백전연마의 빅토르나 로데리히도 크게 주억거렸다.

"그렇게 약해요?"

"그래."

싸움에 익숙한 지휘관이라면 모다브 해군의 상식에서 벗어난 나약함은 바로 알아볼 수 있는 모양이었다. 지크바르트는 한눈에 모다브 해군의 약점을 간파했다고 말했다. 해전이 장기인 웨이스데일 제국도 손쉽게 모다브 해군을 공략할 방법을 찾아냈음이 틀림없었다.

"어디가 어떻게 약한가요? ……아니요, 새삼스럽게 그런 것을 물어도 늦었겠죠. 모다브는 어떻게 되었나요? 아무리 그래도 회의만 계속하며 질질 끌고 있는 건 아니겠지요?"

"잘 아는군? 모다브 왕궁에서는 결론 나지 않는 회의가 이어지고 있다는 모양이다."

국가 존망의 위기라고 하는데 평화에 젖은 우아한 모다브 왕궁에서는 초콜릿을 집어 먹으면서 어전회의를 개최하고 있다고 했다. 현재 상황을 적확하게 파악한 왕태자만 혼자 초조해하는 사태였다.

"이, 이런 비상사태에 뭘 하는 거예요."

아델리느가 분노에 휩쓸려 기세 좋게 몸을 일으키자, 지크바르트는 신기하다는 듯이 말했다.

"그건 내가 묻고 싶군."

"그러니까, 평화병에 걸려 있는 거예요. 아마도 세상은 평화롭다고 믿고 있을 뿐이죠. 자신들은 무슨 일이 있어도 괜찮을 거라고 굳게 믿고 있는 거라구요."

"이 세상에 평온은 없다."

확실히 지크바르트의 눈으로 본 세상은 피로 물들어 있었다. 평온한 세상이라면 지크바르트의 양친은 살해당하지 않았으리라. 아델리느가 인형을 안고서 왕궁을 쪼르르 돌아다녔을 무렵부터 지크바르트는 수라의 길을 헤쳐 왔다.

"지크바르트, 모다브를 도와주세요."

아델리느가 울면서 매달리자 지크바르트는 말없이 고개를 끄덕였다. 이미 원군을 보낼 계획을 세웠다.

"모다브 국왕에게 선물을 받은 감사 인사를 해야지."

지크바르트는 느긋하게 미소 짓더니 다부진 병사들을 이끌고 아델리느의 앞에서 걷기 시작했다.

순식간에 키가 큰 지크바르트의 모습이 작아졌다.

"……지크바르트? 어디 가요?"

아델리느는 대연회장에서 나가는 지크바르트를 쫓아갔지만, 너무나도 빨라서 따라잡을 수 없었다. 프랑소와즈의 만류도 듣지 않고 복도를 온 힘을 다해 달렸지만, 그를 뒤따라가는 젊은 병사의 등조차도 보이지 않게 되고 말았다.

"지크바르트? 어디예요?"

아델리느가 십 대 전의 황제가 애용했던 갑옷 앞에서 숨을 헐떡이자, 등 뒤에서 로데리히가 말을 걸어왔다.

"아델리느 황비님, 지크바르트 폐하의 출진이십니다. 배웅하도록 하지요."

모다브 왕국에서 일어난 이변을 듣고 나서 고작 오 분도 지나지 않았다. 아델리느가 이별 인사를 할 새도 없었다. 신출귀몰이라는 별명이 붙은 이유였다.

"출진? 출진? 저게 출진?"

모다브 국왕은 어디에 나갈 때나 인사 대신 왕비의 뺨에 키스를 하고 나서 나섰다. 아델리느도 왕비와 나란히 서서 아버지인 국왕의 뺨에 키스를 하고는 배웅했던 것이었다. 늙은 재상 내외나 시종장 부부, 유모 부부나 프랑소와즈의 양친 역시 그랬다. 그 모습이 당연하다고만 굳게 믿었다. 그런데 지크바르트는 아델리느에게 키스는커녕 한마디 말도 없이 떠나 버렸다.

"모다브를 생각하면 한시라도 지체할 시간이 없습니다. 웨이스데일 제국의 비열한 침략은 유명합니다."

회의도 의식도 무의미하다고 로데리히는 지크바르트와 같은 빛깔의 눈동자로 말했다.

"그야 그렇지만……."

"이쪽으로 오십시오."

로데리히가 기묘한 표정으로 재촉하자 아델리느는 문장이 새겨진 발코니로 나갔다. 마침 험한 산길을 말로 달려 내려가는 병사들이 보였다. 나부끼는 볼프스베데 황국의 깃발 사이로 말 달리는 지크바르트의 모습이 보였다. 멀리서도 아델리느는 확실히 알았다.

"……지크바르트, 정말 빠르네요. 바람처럼 가버렸어요. 배웅의 키스도 못했어요. 어째서 지크바르트는 아내에게 키스도 하지 않고 가버렸을까요? 아무리 시간이 없다고 해도 금세 끝날 텐데……. 내 얼굴도 제대로 보지 않았어요……."

아델리느가 쓸쓸하다는 듯이 중얼거리자 로데리히가 몸

시 송구한 기색으로 말했다.

"아델리느 황비님, 지크바르트 폐하께서 귀환하셨을 때 오늘 했어야 할 이별의 키스도 포함해서 키스해 드리십시오."

"그게 볼프스베데 황국의 매너예요?"

아델리느는 '무사히 돌아오세요' 하고 말하며 전쟁터로 향하는 지크바르트를 배웅하고 싶었다. 모다브 왕국을 돕기 위해 출진하는 것이니 한층 더 그렇게 생각했다. 역전의 지휘관에게는 무의미한 행위일까.

"지크바르트 폐하께서는 독신으로 지내신 시기가 너무 길었습니다. 헤아려 주시기 바랍니다."

로데리히는 씁쓸함으로 가득 찬 얼굴로 지크바르트가 아내에게 신경 쓰지 않고 출정한 이유를 고했다.

"독신으로 지낸 시기가 너무 길었다고요? 우리 오라버니께서도 오랫동안 독신이셨지만 인사를 잊지 않아요."

"아델리느 황비님의 오라버님과 우리 주군은 다릅니다."

다정한 오빠에 비하면 지크바르트는 너무 냉담했지만, 근본적으로 두 사람은 물과 기름처럼 이질적이었다.

"네, 오라버니와 지크바르트는 전혀 달라요."

"……아아, 그, 슬프게도 출진할 때 지크바르트 폐하께서는 사랑스러운 아내에게 배웅을 받아보신 적이 한 번도 없습니다. 아내가 없었던 생활에 익숙해지고 마셨던 겁니다. 아델리느 황비님께서 곧잘 말씀하시는 '평화병'이, 우리 주군께는 '아내부재병'에 해당할지도 모르겠습니다."

어느새 왔는지 로데리히의 등 뒤에는 크라센 재상과 외무대신, 거성의 경비 책임자가 서 있었다. 로데리히의 의견을 긍정하는 양 각각 크게 주억거렸다. 지크바르트 폐하께는 독신남의 습성이 배어들었다고.

"아내부재병? 아내에게 배웅 받은 일⋯⋯. 지금까지 지크바르트는 아내들의 친정으로 쳐들어갔지요. 그래서 아내에게 배웅 받은 적이 없는 거군요?"

아델리느는 새삼스럽지만 지크바르트가 했던 네 번의 결혼을 돌이켜 보았다. 확실히 황비에게서 출진을 배웅 받은 적은 한 번도 없으리라.

"지크바르트 폐하께서는 냉혹하고 무도한 잔학왕이 아니시고, 아델리느 황비님을 싫어하시는 것도 아니십니다."

"로데리히, 나를 위로해 주는 거군요? 고마워요."

"오해하지 않으시길 바랄 뿐입니다."

아델리느가 이해했다는 듯이 끄덕이자 로데리히는 안도의 한숨을 흘렸다. 주변에 있던 크라센 재상과 대신들도 커다란 한숨을 내뱉었다.

"아델리느 황비님, 지크바르트 폐하께서 성을 비우신 사이 제가 목숨과 바꿔서라도 지켜 드리겠습니다."

모다브 왕궁에서 잘 차려입은 귀공자들이 실컷 했던 말과는 무게가 달랐다. 진실하고 강직한 로데리히의 말은 솔직하게 믿을 수 있었다.

"제가 할 수 있는 일이 있으면 뭐든지 말씀하세요."

"거절할 수 없는 알현이 몇 건 있습니다. 지크바르트 폐하의 대리인 자격으로 참석 부탁드립니다. 그저 황비로서 알현의 자리에 계시기만 해도 됩니다."

군사 대국인 볼프스베데 황국에서도 알현은 황제의 일정에 포함되었다. 아델리느는 의연한 태도로 승낙했다.

"알겠습니다."

거성에는 크라센 재상과 로데리히가 남아 볼프스베데 황국을 지킨다. 모다브 왕국에 원군을 보내게 되어 허술해진 나라 안에 문제가 일어날 가능성이 높았다. 성은 눈 깜짝할 사이에 엄중한 경계 태세에 놓였다.

거성이 세워진 산 전체를 경비병이 둘러쌌을 때, 모다브 왕국의 백만 군이 웨이스데일 황국 일만 군에게 패했다는 보고가 날아 들어왔다.

"백만 대 일만? 백만 대 일만이라고요? 어떻게 하면 지는 거죠."

아델리느는 모국의 병사가 이다지도 나약하다는 현실에 머리를 싸맸다. 어떤 실수를 저지르면 질 수 있는지 설명해 주었으면 하는 심경이었다. 이번에도 모다브 군은 적을 본 것만으로도 겁을 집어먹고는 싸우지 않고 도망친 것일까.

"아델리느 황비님, 왕도를 포함해 주요 도시는 함락되지 않았습니다. 지크바르트 폐하께서 가실 테니 안심하십시오."

로데리히나 지크바르트는 의심하지 않았지만 모다브 왕국의 한심스러움에 아델리느는 커다란 불안을 품었다.

"지크바르트가 모다브에 들어서기 전에 웨이스데일 제국군에게 정복당할지도 몰라요."

아무리 이웃해 있다고는 해도 지크바르트의 거성에서 모다브 왕궁까지는 긴 거리가 있었다. 원군이 도착하기 전에 모다브 왕국군이 전멸할 가능성이 높았다. 아델리느가 충분히 있을 법한 사태를 입에 담자 로데리히는 생각에 잠긴 표정으로 낮게 신음했다.

"······으······. 아무리 그래도······."

"아무리 그래도 그런 일은 없다고 잘라 말할 수 있겠어요? 모다브 왕국군은 원군이 도착할 때까지 버틸 수 있을까요?"

방금 전 모다브 왕국의 상인이 볼프스베데 황국의 지방 귀족과 함께 알현장에 나타난 참이었다. 모다브 왕국의 약삭빠른 상인은 갑작스러운 이변을 알고는 즉시 볼프스베데 황국으로 피난한 듯했다. 재빠르게도 웨이스데일 제국에 침공당한 모나브 왕국을 외면한 깃이다.

"지크바르트 폐하가 바람 같다고 말씀하셨던 아델리느 황비님이십니다. 바람 같은 속도로 모다브에 다다르시겠지요."

로데리히는 모다브 왕국군이 아니라 지크바르트에게 절

대적인 신뢰를 보냈다. 정확하게 말하자면 모다브 왕국군에게 아무런 기대도 하지 않았다.

모다브 왕국에서 데려온 젊은 시녀는 모국의 위급한 상황을 견디지 못하고 마침내 쓰러지고 말았다. 아델리느의 주변도 일찍이 없었던 혼란 상태였다.

그렇지만 이 상황에서 허둥지둥하고 있어도 소용없었다. 아델리느는 프랑소와즈와 함께 신에게 기도했다.

"모다브를 도와주세요. 가족을 도와주세요. 국민을 도와주세요. 지크바르트가 무사히 돌아오게 해주세요. 빅토르도 무사히 돌아오게 해주세요. 볼프스베데 황국군의 병사도 무사히 돌아오게 해주세요."

로데리히가 말릴 때까지 아델리느는 새파래진 얼굴로 쉬지 않고 기도했다. 기도밖에 할 수 없는 무력한 자신이 안타까웠다.

다음 날, 아델리느가 아버지에게서 받은 수많은 장식품을 정리하고 있노라니 로데리히가 조심스럽게 얼굴을 내밀었다.

"로데리히, 무슨 일 있어요? 제대로 보고해 주기로 약속했지요? 자금이 부족하면 아바마마께서 주신 선물을 팔 테니 맡겨둬요."

아델리느가 빠른 어조로 떠들어대자 로데리히는 가볍게

손을 내저었다.

"아델리느 황비님께서 아버님께 받으신 물건을 자금 부족을 이유로 팔아버리시면 지크바르트 폐하의 수치가 됩니다."

지크바르트는 합리적이라서 면목이나 체면을 그다지 신경 쓰지 않지만, 황제인 이상 그럴 수는 없었다.

"이 상황에 그런 걸 따질 수는 없잖아요. 무엇보다 도움을 주어야……. 그래서 모다브는 무사한가요?"

"일단 확인하고 싶은 점이 있습니다. 결혼이 성사되었을 때 아델리느 황비님께서 모다브에서 데려오신 사람들 중 슈베르니 왕국의 망명자는 없습니까?"

로데리히의 갑작스러운 질문에 당황했지만, 아델리느는 명확한 목소리로 딱 잘라 답했다.

"슈베르니의 망명자? 없어요. 저를 따라와 준 사람은 다들 모다브 출신에 모다브 토박이에요."

쓰러진 젊은 시녀도 간병을 하는 시녀도 난로 앞에서 계속해서 우는 시녀 세 사람도 모두 출신은 확실했다. 교육 담당인 프랑소와즈는 일곱 대 전 국왕의 제삼왕녀가 시집 간 모다브 왕국의 명문 귀족 출신이었다.

"모다브 왕국으로 망명했던 슈베르니 왕국 사람들이 일제히 봉기를 일으켰습니다. 레이스 산업이 발달한 마을을 제압한 모양입니다."

로데리히가 사무적으로 말했기 때문에 아델리느는 곧바

로 이해할 수 없었다.

"……네? 멸망한 슈베르니 왕국의 사람들이 모다브를 공격했다고요? 그럴 리 없잖아요? 모다브는 그들을 도와주었다고요. 분명 크게 잘못된 거짓 정보를 파악한 거예요."

지크바르트에게 침공 받아 갈 곳을 잃은 슈베르니 왕국 사람들을 모다브 왕국은 따뜻하게 맞아들여 극진히 보호했던 것이었다. 슈베르니 왕국의 사람들이 검을 들이댈 까닭이 없었다.

"슈베르니 왕국의 잔당 입장에서 보면 모다브 국왕에게 배신당한 기분이겠지요. 아델리느 황비님께서는 슈베르니 왕국의 잔당에게서도 결혼 신청을 받았다고 하셨지요?"

모다브 국왕의 호의에 우쭐해져서는 아델리느를 맞이하고 싶어 했던 이는 많았다. 풍요로운 모다브 왕국을 끝까지 이용할 셈이었던 것이다. 로데리히가 지적하자 아델리느에게도 짚이는 구석이 있었다.

"모다브가 지크바르트와 동맹을 맺었다는 사실을 용납할 수 없었을까요?"

아델리느가 분노로 팔을 떨며 말하자 로데리히는 긍정하듯이 끄덕였다.

"웨이스데일 제국이 모다브를 침공했다는 사실을 알고, 좋은 기회라고 판단한 슈베르니 왕국의 잔당은 일어섰습니다. 약삭빠르게 계산한 겁니다. 슈베르니 왕국의 대표자는 웨이스데일 제국과 밀약을 맺었다던가요."

슈베르니 왕국의 잔당만이라면 모다브 왕국에 칼을 겨누거나 하지는 않는다. 웨이스데일 제국의 침공을 확인하고 밀약을 맺은 다음 모다브 왕국에 칼을 겨눈 것이다.

"웨이스데일 제국의 원조를 얻어 슈베르니 왕국을 다시 일으킬 셈? ……슈베르니 왕국은 지금은 볼프스베데 황국의 크라우제비츠죠? 크라우제비츠에서도 연동해서 폭동을 일으켰나요?"

슈베르니 왕국을 진심으로 다시 일으킬 셈이라면 지금은 볼프스베데 황국의 한 지방이 된 본거지에서도 무언가 있어야 마땅했다.

"구 슈베르니 왕국에 해당하는 크라우제비츠는 아무 일도 없습니다. 모다브 왕국으로 도망친 슈베르니 왕국의 잔당이 날뛰는 겁니다."

"모다브를 무너뜨리고 슈베르니 왕국을 다시 일으킬 셈인가요?"

아델리느의 표정이 군자 로데리히는 손에 든 밀약 내용을 내뱉었다.

"모다브 왕국의 오분의 일을 슈베르니 왕국, 오분의 사를 웨이스데일 제국이 취하기로 한 모양입니다."

레이스 산업이 번성한 모다브 왕국의 동쪽 끝에 슈베르니 왕국을 다시 일으킬 셈이었다. 새로운 국왕은 아델리느와의 혼담을 집요하게 바라던 슈베르니 왕국의 왕족이었다. 속이 빤히 들여다보이던 구애 문구가 아델리느의 귓가를 스쳤다.

"멋대로 정하지 말아요. 모다브는 모다브의 것이에요. 모다브를 불바다로 만드는 행위는 용서할 수 없어요. 아무런 죄도 없는 국민을 해친다면 용서하지 않겠어요."

"모다브 국민은 저항하지 않고 왕도로 도망치는 모양입니다. 각지에서 불길은 피어오르고 있습니다."

웨이스데일 제국군도 그렇고 슈베르니 왕국군도 그렇고, 역사적으로 가치 있는 건축물이나 세련된 도시에 불을 지르지는 않았다. 아름다운 모다브의 도시를 그대로 손에 넣을 셈인 모양이었다. 평화에 젖은 모다브 국민의 성향을 파악하고 아무런 저항도 하지 않을 거라고 짐작한 것이리라.

"······정말, 뭔가 정말이지······정말······. 슈베르니 왕국도 웨이스데일 제국도······. 모다브도······."

아델리느는 어느 부분에서 어떻게 화를 내야 좋을지 몰랐다. 자신의 결혼이 얽혀 있어서 더욱 그랬다.

"아델리느 황비님, 안심하십시오. 지크바르트 폐하께서는 모다브 왕국의 부마이십니다. 반드시 도와드릴 겁니다."

"그 유명한 웨이스데일 제국군이잖아요? 덤으로 모다브의 내정을 아는 슈베르니 왕국군도 적으로 돌아섰는데요?"

웨이스데일 제국의 강한 무력과 두려움은 공부를 싫어하

던 아델리느라도 어린 시절부터 알고 있었다.

"아델리느 황비님께서 혼담을 거절한 북쪽 대국도 모다브 제압에 나섰습니다. 폭리를 취할 좋은 기회라고 생각했겠지요."

어느샌가 모다브 왕국과 지크바르트의 적은 웨이스데일 제국과 슈베르니 왕국의 잔당뿐만이 아니게 되어 있었다.

"……네?"

북쪽 나라에서 온 대사에게 혼담이 들어왔던 때의 광경이 아델리느의 눈앞에 다시 떠올랐다. 국왕 대리인 오빠가 우아하게 피했던 것이었다.

"모다브 왕국의 남쪽 이웃 나라, 아델리느 황비님의 세상을 뜬 약혼자가 있었던 나라도 모다브에 침입했습니다. 싸움보다 약탈 행위에 열심입니다."

순식간에 모다브 왕국과 지크바르트의 적이 늘어났다.

"……어? 남쪽 이웃? 제가 태어나면서부터 약혼을 맺었던 나라까지? 줄곧 우호관계를 유지했던 나라인데요?"

웨이스데일 제국의 침공을 계기로 풍요로운 모다브 왕국은 여러 나라의 사냥터로 변했다. 아델리느에게서 핏기가 싹 가셨다.

"모다브를 여기저기에서 노리는 건가요?"

이대로 있으면 모다브 왕국은 각 나라에 끔찍하게 빼앗긴다. 약육강식이 지배하는 대륙에서 반복되는 역사였다.

"지금까지 아무 데서도 쳐들어가지 않았던 점이 신기합니다. 모다브 국왕 폐하께서 펼치셨던 외교 노력의 산물이겠지요."

"어쩌면 좋지요? 어떻게 하면 피해를 줄일 수 있죠? 항복하고 싶지는 않지만, 국민을 도우려면 항복할 수밖에 없나요? 우선 아무런 죄도 없는 모다브 백성을 구해야만 해요. 아바마마이신 국왕 폐하나 왕태자인 오라버니, 저나 일족의 목숨과 맞바꿔서 국민의 무사를 바라야 마땅한가요? 지크바르트에게 도망가라고 전하는 편이 나을까요? 저는 지크바르트와 결혼해서 좋았어요. 그것만은 오해하지 않게끔 전해주세요."

아델리느의 사고회로가 엉망진창으로 움직이자 프랑소와즈가 다독이듯이 등을 쓰다듬었다.

"아델리느 황비님, 진정하시지요. 여태까지 몇 번이나 주의 드렸던 나쁜 버릇이 나왔습니다."

프랑소와즈의 말에 이어 로데리히가 절절하게 말했다.

"지크바르트 폐하를 믿고 기다리십시오. 지크바르트 폐하께서는 아델리느 황비님을 위해서 모다브 왕국으로 향하셨으니까요."

로데리히의 말이 아델리느의 가슴을 콕 쑤셨다. 소문대로 무자비한 황제였다면 이때다 하고 모다브 왕국에 불을 놓았으리라. 볼프스베데 황국군의 병사들도 솔선해서 약탈 행위에 힘을 쏟을 터였다.

"지크바르트도 위험해요. 지크바르트와 많은 병사들을 위험한 상황에 빠뜨려서 미안해요. 그렇게 적이 불어났다면 이미 무리일 거예요. 모다브의 희생양으로 볼프스베데까지 무너질 필요는 없어요, 지크바르트의 몸을 총탄이 꿰뚫기 전에 퇴각시키세요."

모다브 왕국을 버릴 셈은 아니었으나 항복의 뜻을 표하면 모다브 국민은 살 수 있을지도 몰랐다. 지크바르트나 볼프스베데 황국까지 고통을 받아서는 안 되었다. 아델리느는 재빨리 괴로운 선택을 했다.

"아델리느 황비님, 천진난만하시고 세상 물정 모르시는 공주님이라고만 여겼습니다만 역시 격식 높은 왕가에서 나고 자리신 왕녀이십니다. 이미 볼프스베데 황국의 훌륭하신 황비이시기도 합니다."

'아무런 황비 교육도 필요 없습니다. 고결하신 아델리느 황비께 감복했습니다' 하고 로데리히는 프랑소와즈에게 시선을 보내면서 말했다. 프랑소와즈는 자랑스럽다는 듯이 우아하게 인사를 했다.

아델리느는 수려한 미산을 찡그리며 로데리히를 재촉했다.

"로데리히, 무슨 소리를 하는 거예요. 꾸물거리면 지크바르트가 포위될지도 몰라요. 아직 모다브에 들어가지 않았죠? 당장 물러나는 편이 좋아요."

지크바르트가 거성을 떠난 때는 어제였다. 어떤 수를 썼다 해도 아직 모다브 왕국의 땅을 밟지는 않았으리라.

"아델리느 황비님, 지크바르트 폐하를 믿으십시오. 아델리느 황비님의 부군은 그렇게 나약한 남자가 아닙니다."

"지크바르트가 강하다는 사실은 알지만 상대가 너무 나빠요. 너무 많다고요."

아델리느가 생각다 못해 양손을 휘둘렀지만 로데리히는 평상시처럼 태연했다.

"첫 번째 황비의 친정과 싸웠을 때도 이쪽이 불리했습니다. 당시 지크바르트 폐하께서는 아직 열네 살로 뒷배도 없었습니다. 저도 빅토르도 크라센 재상도 어렸고, 지크바르트 폐하의 편도 적었습니다. 지크바르트 폐하께서는 퇴위를 강요당하고 계셨습니다."

로데리히는 어딘가 아득한 눈으로 지크바르트의 괴로웠던 첫 싸움을 이야기했다. 치열한 전쟁터를 헤쳐 왔기 때문인지 어딘가 감각이 확실하게 마비되어 있다.

"적은 이번처럼 많지는 않았겠지요. 웨이스데일 제국에 슈베르니 왕국의 잔당에 북쪽 대국에 제 전 약혼자의 나라……. 주변이 다 적이 되었다고요."

"두 번째 황비의 친정과 싸웠을 때도, 정보전에 진 탓으로 주변은 적투성이가 되었습니다. 우군조차 언제 등을 돌릴지 모르는 상황이었습니다. 흔한 일이지요."

로데리히는 아무렇지도 않은 일인 양 말했지만 아델리느
는 웃는 얼굴로 흘려들을 수 없었다.

"흔한 일이 아니에요."

"이 상황에 지크바르트 폐하께서 퇴각하시면 큰 수치입
니다. 볼프스베데 황국의 망신이지요."

전시에 체면이나 위신은 족쇄일 뿐이었다. 애당초 슈베
르니 왕국 멸망 때, 원군을 요청 받았지만 모다브 왕국은
아무런 원조도 하지 않았다. 이 상황에서 지크바르트가 퇴
각한다 해도 모다브 왕가는 자신의 상황을 제쳐두고 욕할
수는 없었다.

"위신 따위에 구애받을 때가 아니잖아요."

"지크바르트 폐하를 믿으십시오. 모다브와 볼프스베데
의 운명을 지크바르트 폐하께 맡겨주십시오. 아델리느 황
비님께서는 부군을 믿지 못하시는 겁니까?"

지크바르트의 사촌 동생인 로데리히가 이렇게까지 말하
면 아델리느는 다음 말을 이을 수 없었다.

아델리느는 프랑소와즈와 손을 맞잡고 지크바르트에게
모든 것을 맡겼다. 그럴 수밖에 없었던 것이었다.

이틀 동안 모다브 왕국군의 한심한 패주만이 아델리느의
귀에 전해졌다.

"……어, 어떻게 하면 그렇게 손쉽게 지는 거예요."

웨이스데일 제국군을 중심으로 한 모다브 왕국 정복군은 상당한 대규모로 불어났다고 한다. 당장에라도 왕도에 팔백만 가까운 대군이 밀어닥칠 수도 있다고 했지만, 모다브 왕궁에서 국왕 일가가 도망친 기색은 없었다. 볼프스베데 황국으로 도망쳐 온 모다브 국민도 없었고 아무런 소동도 일어나지 않았다. 맥이 빠질 정도로 볼프스베데 황국 안은 평온했다.

볼프스베데 황국의 황비로서 임한 알현장에서는 모다브 왕국의 다이아몬드 상인이 쓰레기 같은 다이아몬드를 손에 들고 나타났다. 지크바르트의 대리를 수행하는 크라센 재상에게 신호를 보내고 나서, 아델리느는 모다브 왕국의 다이아몬드 상인이 쓴 가면을 벗겼다. 별 볼 일 없는 모다브 상인의 이름을 사칭한 슈베르니 상인이었다. 평판대로 질이 나빴다.

"아델리느 황비님, 혜안이십니다. 부끄럽지만 저는 아무런 불신감을 품지 못했습니다. 저렇게 나쁜 무뢰배들이 몰려든다면 우리나라에서 일어날 혼란은 뻔합니다. 감사드립니다."

크라센 재상이 존경의 눈으로 바라보자 아델리느는 매우 곤혹스러워졌다. 그야말로 장기 분야가 전혀 달랐던 것이다.

그 후에도 아델리느는 일찍이 없었던 집중력을 발휘해 볼프스베데 황국을 이용해 먹으려는 상인을 폭로했다.

지크바르트가 자리를 비운 사이에 볼프스베데 황국을 엉망으로 만들지는 않겠다는 생각에서였다. 물론 애국심 강한 크라센 재상이나 로데리히 역시 같은 결의를 품었다. 아델리느의 처지에서 보아도 든든한 동지였다. 마찬가지로 크라센 재상이나 로데리히 측면에서 보아도 아델리느는 믿음직한 존재였던 모양이었다. 각각 잘하고 못하는 분야가 다르니 일이 잘 풀리는 듯했다.

사흘 후 아델리느가 모다브 왕국의 지도를 손에 들고 끙끙대고 있노라니 로데리히와 크라센 재상이 나타났다.

"로데리히, 크라센 재상, 모다브는 무사한가요? 지크바르트는 무사해요? 모다브를 도와주었으면 하지만, 지크바르트나 볼프르베데 황국까지 멸망하지 않아도 괜찮아요. 좋은 방법을 생각해 봐요."

인사도 하지 않고서 아델리느가 소란을 피워도 로데리히와 크라센 재상은 꿈쩍도 하지 않았다. 로데리히는 평상시처럼 담담한 태도로 말했다.

"보고 드립니다. 모다브 왕국의 다이아몬드 광산 부근에서 지크바르트 폐하께서 이끄시는 볼프스베데 황국군이 웨이스데일 제국 및 다른 나라의 군대를 격파했습니다."

아델리느는 로데리히가 진지한 표정으로 거짓말을 하는 줄 알았다. 그러나 로데리히는 거짓말이나 농담을 하는 남자가 아니었다. 곁에 있는 크라센 재상 역시 그랬다. 그렇다면 거짓 정보가 전해진 것일까.

프랑소와즈는 미묘한 표정으로 로데리히와 크라센 재상을 응시했다. 총명한 교육 담당도 쉽사리 믿을 수는 없는 모양이었다.

"……진짜요? 지크바르트 군은 이십만, 모다브 침공군은 합쳐서 팔백만이던가요? 어떻게 이긴 거죠?"

'이길 리 없잖아요. 오라버니가 남색가라는 거짓 정보보다 질이 나빠요'라며 아델리느는 크게 소리쳤다. 모다브군이 패배한 연유도 볼프스베데군이 승리한 연유도 알 수 없었다.

"우선 지크바르트 폐하께서는 원군을 이끌고 모다브 최대의 다이아몬드 광산으로 향하셨습니다."

잠자코 있으면 결말이 나지 않는다는 사실을 깨달았는지, 로데리히는 오른손을 가볍게 들어 지크바르트의 전법을 이야기하기 시작했다.

"……다이아몬드 광산?"

예상 밖의 장소에 아델리느는 몸이 뒤로 꺾일 뻔했다.

"지크바르트 폐하께 낚여 웨이스데일 제국군이 진군지를 모다브 왕궁에서 다이아몬드 광산으로 변경했습니다. 지크바르트 폐하께 최대의 자금원을 진압당해서야 침공한 의미가 없으니까요."

틀림없이 지크바르트는 모다브 왕궁으로 달려가 주었으

리라고 여겼다. 의표를 찔렸지만 듣고 보니 납득할 수 있었다. 다이아몬드 광산이 얼마나 국고를 윤택하게 하는지, 일종의 꿈처럼 이야기되고 있었기 때문이었다.

"지크바르트는 다이아몬드 광산에서 모다브 왕국 침공군을 대비했어요?"

"다이아몬드 광산의 지형을 이용해 싸웠습니다. 선봉인 슈베르니 왕국군은 전멸했습니다."

로데리히는 험한 광산의 지형을 교묘하게 이용해서 밀려드는 대군을 저격했다고 말했다. 지크바르트가 이끄는 볼프스베데 황국군의 피해는 최소한으로 막은 모양이었다.

"다이아몬드 광산의 지형?"

아델리느는 손에 든 모다브 왕국의 지도를 들여다보며 모다브 광산의 위치를 확인했다. 논의할 것까지도 없이 모다브 광산의 지형에서 전법 따위는 떠오르지 않았다. 영특한 프랑소와즈도 지도를 진지하게 바라보았지만 전혀 짐작이 가지 않는 모양이었다.

"지크바르트 폐하께서는 군사에 있어서는 천재이십니다. 여태껏 몇 번이나 불리한 싸움을 승리로 이끄셨습니다."

"그건 알지만요."

"이번에 만만치 않은 상대는 웨이스데일 제국군뿐입니다. 팔백만의 병사가 있어도 통솔할 수 없는 오합지졸 따위는 우리 지크바르트 폐하의 적이 아닙니다."

로데리히가 상쾌한 표정으로 주군을 칭송하자 크라센 재상도 동의한다는 양 맞장구를 쳤다. 두 사람에게 지크바르트는 최고의 긍지인 듯했다.

"지크바르트는 무사한 거죠?"

극적인 승리를 거머쥐었어도 지크바르트가 부상을 입었다면 의미가 없었다. 그것이 생채기라 해도 입지 않았으면 했다.

"지크바르트 폐하께서는 무사하십니다. 웨이스데일 제국군 및 다른 나라의 군은 모다브 왕국에서 물러갔습니다. 이번에는 쫓지 않고 도망 보낼 셈입니다."

지금까지의 지크바르트였다면 놓치지 않고 쫓았으리라. 아델리느와 모다브 왕국의 체면을 고려한 지크바르트가 굳이 놓아준 모양이었다.

"응, 너무 쫓지 않아도 돼요. 이번에는 놓아주고……. 아아, 신이시여, 지크바르트를 지켜주셔서 감사드립니다."

아델리느는 새빨개진 눈으로 지크바르트의 승리에 감사했다. 모다브 왕국의 무사에도 진심으로 감사를 표했다.

이후 거성에서는 지크바르트의 화려한 승리 보고가 이어졌다. 그야말로 파죽지세로, 연이어 승세를 올리는 전투의 천재였다.

*   *   *

쓰러졌던 젊은 시녀가 간신히 회복한지라 기분전환도 겸
해서 꽃이 핀 정원에서 다같이 따스한 햇볕을 쐬었지만 젊
은 시녀는 여전히 바들바들 떨었다. 너무나 안색이 나쁘기
에 아델리느는 걱정스러워서 말을 걸었다.

"괜찮아? 이제 쉬는 편이 낫지 않겠어?"

"아델리느 황비님, 앞으로 모다브는 어찌 될까요?"

모국에 소중한 가족과 친척을 남겨두고 와서인지 젊은
시녀의 마음고생은 끊이지 않았다. 다른 시녀들도 같은 근
심을 품고 있었다.

"모다브 침략군은 도망갔어. 부상자는 많지만 죽은 백성
은 없다고 들었어. 소중한 것은 모두 남아 있어. 모다브는
부흥할 거야."

전쟁은 서툴지만 다른 것은 잘한다고, 아델리느는 가슴
을 펴며 자국을 칭찬했다.

사실 모다브 국왕은 왕도로 도망쳐 온 국민에게 보호와
안전을 약속하며, 모아둔 금전을 내려준 후 돌려보냈다고
한다. 벌써 모다브 국왕의 칙명을 받은 장인이 파괴된 장소
를 수리하고 있는 모양이었다.

로데리히는 모다브 국왕의 수완에 감탄한 듯했다. 그랬
다, 아델리느의 아버지에게 부족한 점은 군사적인 재능 정

도였다.

"아델리느 황비님, 모다브 왕국은 믿습니다. 다만 지크바르트 폐하께는 대륙 제패의 야심이 있으십니다."

젊은 시녀는 망설이면서도 지크바르트에 대한 의심을 입에 담았다. 하지만 아델리느와 시선을 맞출 수는 없었는지 거센 바람에 흔들리는 나무들의 잎을 바라보았다.

"지크바르트의 야심?"

무적의 지크바르트에게 심취해 대륙 제패를 선언하는 병사가 없지는 않았다. 특히 신분이 낮은 귀족 자제가 지크바르트에게 끝없는 야망을 기대하고 있는 모양이었다.

"지크바르트 폐하께서 모다브에 눌러앉으셨잖아요?"

항상 신중한 젊은 시녀의 말투에 당황스러웠지만 아델리느는 눈초리를 올리지는 않았다.

"눌러앉았다니…… 지크바르트가 없으면 모다브 침략군이 습격해 오니까."

지크바르트가 이끄는 백전백승을 자랑하는 군대의 덕분에 모다브 왕국에는 평화가 찾아왔다. 지금 이 상황에서 지크바르트가 자리를 비운다면 다시 모다브 왕국은 여러 외국으로부터 침략 받을지도 몰랐다. 어쨌든 제대로 싸우지도 않고서 도망친 모다브 왕국군이 너무 심했다. 도망치는 발만큼은 빠른 모양이었다.

"지크바르트 폐하께서는 이대로 모다브에 남으실 셈이

실까요? 지크바르트 폐하가 아니더라도 볼프스베데 황국군이 모다브에 줄곧 남게 되지는 않을까요?"

젊은 시녀는 우아한 모국에 볼프스베데 황국기가 나부끼는 것을 두려워했다. 다른 나라에서 온 원군이 그대로 토지를 빼앗았던 역사는 몇 번이나 반복되었다.

"그편이 안심일지도 몰라. 이번에도 모다브군은 싸우지 않고 도망쳤다고 들었어. 목숨 걸고 국민을 지킨 것은 세브란이 이끄는 아바마마의 군 정도야."

아델리느는 지크바르트를 믿었지만 젊은 시녀는 고개를 좌우로 내저었다.

"안심할 수 없습니다. 결국 모다브는 지크바르트 폐하께 정복된 게 아닙니까?"

지크바르트에게 패배하면 말로는 뻔했다. 젊은 시녀 뒤에서 중년에 접어든 시녀가 메마른 비명을 질렀다.

"지크바르트에게 그럴 마음이 있었다면 좀 더 예전에 모다브를 정복했을 거야. 이번에 지크바르트가 모다브를 빼앗으리라고는 생각할 수 없어."

'이대로 모다브를 빼앗지는 않겠지요' 하고 아델리느는 마음속으로 무뚝뚝한 지크바르트에게 말을 걸었다.

"지크바르트 폐하께서는 대륙 제패의 야심이 있으십니다. 모다브 국왕께는 오 년이나 기다리게 만들었다며 원망하시는 모양이고……."

"지크바르트는 자존심이 세니까 불난 데서 도둑질하는 짓은 하지 않아. 모다브를 빼앗을 거라면 정정당당하게 침공할 거야."

젊은 시녀의 절절한 호소에 표정이 굳을 뻔했지만, 아델리느는 온 힘을 총동원해서 지크바르트를 믿었다. 아니, 믿으며 기다릴 수밖에 없었던 것이다.

아델리느가 젊은 시녀와 이야기를 나누고 있노라니 로데리히가 아무런 예고도 없이 고개를 내밀었다. 혹시나 대화를 들어버렸을지도 몰랐다. 지크바르트의 측근에게 의심받기는 절대로 싫었다.

"로데리히? 왜 그래요? 지크바르트를 믿고 기다리고 있어요. 진심으로 믿고 기다리고 있다고요. 언제까지 기다려야 하죠."

아델리느가 째지는 목소리로 외치자 로데리히는 진지한 표정으로 말했다.

"아델리느 황비님, 지크바르트 황제 폐하께서 귀환하셨습니다. 마중을……."

로데리히의 말을 가로막듯이 아델리느는 큰소리를 질렀다.

"지크바르트는 모다브로 출진했잖아요? 모다브에서 대군을 상대로 싸웠어요. 그렇게 곧바로 돌아올 수 있을 리 없잖아요?"

아델리느는 뇌리에 모다브 왕국과 볼프스베데 황국의 지도를 떠올렸다. 덤으로 다이아몬드 광산도 확인했다. 지크바르트가 아무리 신출귀몰하다고는 해도 일에는 정도가 있으리라.

"거짓 정보인지 진실인지 그 눈으로 확인하십시오."

로데리히가 재촉할 필요도 없이 아델리느는 드레스 자락을 걷어 올리고 호쾌하게 달리기 시작했다. 프랑소와즈가 황급히 뒤를 따라갔다.

"아델리느 황비님, 경망스럽습니다. 황비가 하실 행동이 아닙니다. 모다브의 수치이기도 합니다."

프랑소와즈의 주의를 아델리느는 뒤로 흘려들었다.

"느긋하게 걸을 상황이 아니잖아. 모다브에서 며칠이 걸린다고 생각해? 말로 달려도 이틀은 걸린다고."

아델리느는 경비병이 늘어선 복도를 힘차게 달려서 역사를 느끼게 하는 대연회장에 들어섰다. 마침 군복 차림을 한 지크바르트가 빅토르와 함께 크라센 재상의 인사를 받고 있었다. 눈의 착각도 아니거니와 망상이나 백일몽도 아니었다. 분명히 아델리느의 남편인 볼프스베데 황국의 매서운 황제였다.

"지크바르트? 어째서 여기 있어요?"

아델리느는 그대로 굉장한 기세로 지크바르트에게 뛰어들었다. 부상당한 기색은 없었고 황제로서의 패기가 감돌았다.

누구도 아델리느의 황비답지 않은 마중 방식에 놀라지는 않았다. 프랑소와즈가 부끄럽다는 듯이 부채로 얼굴을 가릴 뿐이었다.

"어째서 여기 있느냐고 물어봐도, 내가 돌아오면 곤란한 일이라도 있나?"

지크바르트가 불손한 태도로 내려다보자 아델리느는 허둥대며 대꾸했다.

"곤란한 일 따위는 없어요. 제 몸은 결백하고 부정 따위는 저지르지 않았으니까요. 오해하지 말아요."

지크바르트가 의심을 품지 않게끔 줄곧 달라붙어 있을 예정이었지만, 이번에는 뜻밖에도 떨어지게 되어버리고 말았다. 이런 일로 의심받고 싶지는 않았다.

"네가 부정을 저질렀다는 보고는 받지 않았지만, 아버지에게서 하사받은 선물을 팔거나 하는 일은 삼가라. 자금은 다른 데서 마련할 수 있다."

지크바르트는 담담한 기색으로 자신이 자리를 비운 사이의 아델리느에 대해서 언급했다. 아무래도 선물을 팔아가면서까지 자금 융통에 손을 쓰려고 했던 아델리느의 태도에 곤혹스러웠던 모양이었다.

"당신은 식비를 절약해서까지 국민을 도우려고 했잖아요. 조금이라도 지크바르트에게 도움이 되고 싶었어요."

아델리느가 정직하게 감정을 드러내자 지크바르트는 간결하게 답했다.

"필요 없다."

지크바르트의 언동이나 표정은 이전과 다를 바 없었지만 어쩐지 분위기가 달랐다. 아델리느를 향하는 눈빛이 다정해졌던 것이었다. 두 사람 사이에 우뚝 서 있던 벽이 무너졌다는 기분이 들었다.

"모다브를 도와줘서 고마워요."

아델리느는 솔직한 마음으로 감사를 늘어놓으며 마중의 키스를 지크바르트의 좌우 뺨에 했다.

"그래."

지크바르트는 내리깐 눈으로 아델리느의 키스를 받았다. 기분 때문인지 주위의 분위기가 따스해졌다.

"무사히 돌아오셔서 기뻐요."

모다브 왕국을 돕는 싸움에서 지크바르트가 목숨을 잃게 된다면, 아델리느는 차마 눈을 들 수 없었을 것이다. 지크바르트에게 충성을 맹세한 사람들에게 사죄해도 사죄할 수 없었다.

"아아."

아델리느는 출진 때에 할 수 없었던 키스도 지크바르트의 좌우 뺨에 했다. 한층 더 지크바르트의 분위기가 부드러워졌다.

"나는 이혼해 주지 않을 거예요."

자신 스스로도 영문을 몰랐지만, 아델리느는 지크바르트를 끌어안은 채 앞날에 대해서 이야기했다. 지크바르트에게 이혼을 통보받지는 않겠다고.

"아아."

지크바르트가 쑥스러운 듯이 답하자 아델리느는 가슴이 벅찼다. 지금까지 품었던 적 없는 뜨거운 감정이 마음속에서 샘솟아 올랐다. 그리고 아델리느는 간신히 깨달았다. 이것이 사랑이라는 감정이로구나 하고. 지크바르트를 사랑하고 있구나 하고.

측근인 빅토르와 로데리히는 손을 맞잡았고, 크라센 재상과 외무대신은 눈가에 어린 눈물을 닦았다. 황비에게 계속해서 배신당해 온 황제의 신하들에게 아델리느는 그야말로 봄의 여신이었다.

"모다브의 국왕 폐하, 사랑스러운 봄의 여신을 주셔서 감사드립니다. 저희들, 봄의 여신에게 목숨을 바치겠습니다."

전례에 없는 속도로 결혼을 정했던 모다브 국왕을 향해서, 빅토르는 소리 높여 감사의 말을 늘어놓았다.

10장

　지크바르트가 모다브 왕국에서 귀환한 지도 삼 개월이 지났다.

　여전히 아델리느는 지크바르트에게 딱 달라붙어 있었다. 지크바르트는 한 번도 아델리느의 부정을 의심한 적이 없었고, 이혼 이야기를 꺼내드는 일도 없었다.

　지난달에는 아델리느의 생일 파티가 검소하게 열렸고, 아델리느는 지크바르트의 곁에서 커다란 케이크에 꽂은 양초의 불을 껐다. 지크바르트에게서 받은 생일 선물은 선황비의 반지와 목걸이였다.

　"아델리느, 네가 아버지에게서 받은 것보다는 질이 떨어지지만."

지크바르트가 우려한 대로 아델리느가 아버지에게서 받은 반지나 목걸이에 비하면 한참 모자랐다.

"지크바르트, 그런 건 관계없어요. 지크바르트의 어머님께서 남기신 소중한 유물이잖아요. 고마워요."

아델리느는 순진하게 미소 지으며, 지크바르트에게 감사의 키스를 했다.

"네가 가지고 있는 편이 돌아가신 어머니께서도 기뻐하시겠지."

"정말로 고마워요. 이렇게 기쁜 선물은 처음이에요. 이렇게 즐거운 생일도 처음이고요."

아델리느는 온몸으로 기쁨을 아낌없이 표현했다.

당연히 약속처럼 모다브 국왕이 보낸 온갖 사치를 다한 생일 선물이 도착해서, 지크바르트를 필두로 볼프스베데 황국의 사람들은 깜짝 놀랐다. 모다브 국왕 입장에서 보면 원군에 대한 감사의 마음도 담았으리라.

투박한 지크바르트의 거성에는 모다브 국왕에게서 받은 우아한 일상용품이 곳곳을 장식하게 되었다. 자연스럽게 황비인 아델리느의 존재감이 늘어갔다.

지금 현재는 지크바르트의 유모도 완전히 오해를 풀어, 황비의 응접실에서 아델리느와 함께 초콜릿을 집어 먹곤 했다.

"아델리느 황비님, 모다브 왕국은 질리지도 않는답니까?"

유모가 신랄한 말을 던져도 별수 없었다. 모다브 국왕은 눈이 돌아갈 속도로 나라를 부흥시켜 한층 더 우아하고 세련된 도시를 형성했다고 한다. 여러 나라에 노려졌기에 방어에 뛰어난 도시를 만들어야 마땅한데.

"공격받아도 모다브 왕궁이나 왕도에 피해가 없었으니, 아직 평화병에 빠져 있는 걸 거예요."

아델리느는 위협스러운 속도로 부흥을 이룬 모국에 대해서 설명했다. 모다브 왕궁의 느긋한 면면은 기가 막힐 정도로 여전했다.

다만 모다브 왕국과 볼프스베데 황국의 무역 조약은 빠르게 체결되었다. 장사에 능숙한 모다브 왕국에게 장사에 서툰 볼프스베데 황국이 배우고 있는 상태였다. 지금 상황에서는 눈에 띄는 문제는 없다고 했다.

"신기한 나라로군요."

유모가 감개무량한 듯 차분히 말하자 지크바르트는 쓴웃음을 흘렸다. 지크바르트로서도 모다브 왕국은 지극히 복잡하고 괴이했음이 틀림없었다.

"모다브에서 본 볼프스베데 황국도 이상한 나라예요."

아델리느는 지크바르트와 유모를 번갈아 바라보면서 태연한 어조로 대꾸했다.

"……그럴지도 모르겠군요. ……그렇지만, 뭐, 모다브의 과자는 어느 것이나 맛있네요."

모다브 국왕에게서 선물 받은 일품 초콜릿과 스파이스 쿠키에 유모는 감탄의 목소리를 냈다.

"볼프스베데 황국의 과자도 맛있어요. ……음……."

아델리느는 거성의 요리인이 만든 쿠키를 입에 물었다. 산에서 딸 수 있는 레드 커런트나 블랙 커런트, 나무딸기 등의 베리 종류를 듬뿍 넣은 케이크는 기가 막혀서, 감자의 나라답지 않은 그 맛에 아델리느는 감동했다. 그런데도 아델리느의 몸에 이변이 일어났다. 터무니없이 구역질이 치밀어 오른 것이었다.

지크바르트와 유모의 앞에서 추태를 보이고 싶지는 않았다.

"아델리느 황비님? 왜 그러시는 겝니까?"

유모에게 답할 여유도 없이 아델리느는 레이스 손수건으로 입을 막고는 세면실로 달리기 시작했다.

"아델리느?"

지크바르트가 따라왔지만 아델리느는 한 번도 돌아보지 않았다. 따라오지 말라고 지크바르트에게 밀힐 여유도 없었다.

목적지로 다다른 순간 먹은 것을 모두 토하고 말았다. 괴로워서 견딜 수 없었지만 무어라 형용할 수 없는 허무함과

슬픔에 시달렸다. 몸보다도 마음이 몇 배나 괴로웠다. 서글 퍼서 다리와 허리에 힘이 들어가지 않았다.

"아델리느? 우리나라의 케이크는 그렇게 맛이 없나?"

아델리느가 그 자리에 주저앉자 지크바르트도 무릎을 꿇었다.

"……맛없느냐고요?"

아델리느는 딱딱한 바닥을 바라본 채, 지크바르트의 나지막한 목소리에 귀를 기울였다.

"우리나라의 케이크가 맛없어서 토한 게 아닌가? 요리사가 감자 요리는 잘하지만 케이크는 서투를지도 몰라. 지금까지 나는 케이크를 먹을 기회가 없었다."

"지크바르트, 그게 아니잖아요? 나랑 이혼하고 싶어요?"

아델리느가 텅 빈 눈으로 확인하듯이 묻자, 지크바르트는 날카로운 눈을 더욱 매섭게 떴다.

"대체 무슨 말을 하는 건가?"

"나랑 이혼하고 싶은데 내가 절대 이혼하지 않겠다고 외치니까, 나를 독살하려고 드는 거예요?"

아델리느는 감정을 억제할 수 없어져서 눈에서 방울방울 눈물을 뚝뚝 흘렸다. 정략결혼이었지만 부모님처럼 원만하게 지내고 있다고 여긴 만큼 충격이 컸다. 그러나 아델리느 이상으로 지크바르트가 동요했다.

"너를 암살? 독이 들어간 건가?"

드물게 지크바르트의 목소리가 갈라졌고 술렁술렁 주변의 분위기도 수런거렸다. 놀랐다는 증거였다.

"지크바르트가 누군가에게 독을 넣으라고 시킨 거 아니에요?"

아델리느는 훌쩍이면서 지크바르트의 옷소매를 움켜쥐었다.

"그런 적 없어. 자세히 말해라."

'네 이야기는 정리가 안 되는 데다, 중요한 부분이 빠져있다'라고 지크바르트는 명료한 음성으로 말을 이었다. 여태껏 프랑소와즈에게 실컷 지적받았던 아델리느의 결점이었다.

"그젯밤부터 맛있는 식사를 했는데 토해 버리고 말아요. 어제는 양고기구이의 냄새를 맡았을 뿐인데 기분이 나빠졌어요. 파프리카와 감자 수프의 냄새도 비위 상했어요. 내 식사에 독을 넣었나요?"

요 근래 내내 경험한 적 없는 권태감이 있긴 했지만 결정적인 것은 그제 밤이었다. 식사를 마친 후, 갑자기 강렬한 구역질이 나 모두 토해 버리고 말았다. 어제는 요리 냄새조차 맡을 수 없었다. 아델리느의 사전에 식욕 부진이라는 단어는 없었다. 고열이 나든 돌림병에 걸리든 전채에서 디저트까지 날름 비웠으면 비웠지 토한 적은 한 번도 없었던 것이었다.

계절병에 따른 몸의 변화일 것이라고, 피로가 쌓였던 것이라고, 프랑소와즈나 젊은 시녀들은 말했지만 중년에 접어든 시녀는 심각한 표정으로 신음했다. 역시 아무리 낙관적으로 생각해도 이상했다.

마침 그제부터 어제에 걸쳐서 지크바르트는 국경 부근으로 출타해 거성을 비운 상태였다.

지크바르트의 부재중에 자신을 독살할 셈이었는지도 모른다고 아델리느는 혼자서 애태우며 줄곧 고민하고 있었던 것이었다.

실행범은 누군지 모르겠지만 암살 명령을 내린 사람은 지크바르트일까. 모다브 왕국을 정복하기 위해 나는 쓸모없어진 것일까.

"나는 네 식사에 독 따위 넣지 않았다. 암살 지시도 내리지 않았어."

지크바르트는 드물게 두드러진 감정을 표정에 드러냈다. 아델리느의 독살 이야기에 매우 당황한 듯했다.

"그럼, 어째서 내 식사에 독이 들어간 거예요? 아까 먹은 케이크에도 독이 들어 있었죠?"

"정말로 독을 섞었다면 지금 네 목숨은 없어."

지크바르트의 의견은 지당했지만 아델리느는 독극물이 섞였다고밖에 생각할 수 없었다.

"가벼운 독을 넣었어요?"

독극물은 완전히 문외한이었지만 다양한 종류가 있다는 사실은 아델리느도 알았다. 그제도 어제도 요리가 담긴 은 식기가 변화하지 않았으니, 가벼운 독극물이 교묘하게 혼합되었을지도 몰랐다.

"모른다."

"모른다는 건 지크바르트가 명령한 게 아니란 거지요."

아델리느는 오열을 흘리면서도 지크바르트의 소매를 잡아당겼다.

"너는 날 의심하나?"

뜻밖이라는 듯이 지크바르트는 야무진 미간을 찡그렸다. 인간불신에 빠진 황제였지만 아델리느에게 의심받자 충격인 모양이었다.

"지크바르트, 아무리 시간이 지나도 차갑잖아요. 사랑하다고 한 번도 말해 주지 않고……."

아델리느가 감정을 크게 터뜨리자 수많은 격전을 이겨온 황제가 안색을 잃었다. 당장에라도 백기를 들고 도망칠 것만 같았다.

"……사……사사……사……사사사사사……랑…… 사……랑……하……고……고고고고고고고고고……."

지크바르트는 초점이 맞지 않는 눈으로 무어라 꿍얼꿍얼 중얼거렸다. 어디를 어떻게 보아도 군사의 천재라고는 생각할 수 없는 데다 굳센 병사들의 정점에 선 황제로는 보이지 않았다. 그러나 지크바르트 못지않게 아델리느는 별났다.

"역시 저는 지크바르트에게 사랑받지 않는 거군요. 저를 독살하고 싶을 만큼 미워해요?"

아델리느의 찢어질 것만 같은 비명에 이끌렸는지 지크바르트는 제정신을 차렸다.

"어리석은 소리 하지 마라. 너를 독살해서 어쩌자고?"

독살을 할 이유가 없다고 지크바르트는 정론을 펼치려 했지만, 아델리느는 들을 여유가 없었다.

"저를 독살하고 좀 더 미인인 데다 현명한 황비를 맞을 거예요?"

지크바르트의 다섯 번째 황비 후보는 측근이나 재상이 혈안이 되어 찾고 있었다고 들었다. 아름답고 현명한 빅토르의 사촌 누이가 가장 유력한 후보였던 듯했다. 금발벽안의 전형적인 볼프스베데 황국 미인인 데다 아델리느는 읽을 마음도 들지 않는 어려운 철학서를 독파한 재녀였다.

"미인에다 현명한 아내는 질렸어. 더 이상 필요 없다."

네 명의 아내에게 배신당했던 지크바르트의 말은 무거웠지만, 아델리느에게는 달리 독살의 원인이 짐작되지 않았다.

"그럼, 어째서 제 식사에 독을 섞는 거예요."

"네 목숨을 노릴 만한 자를 모르겠는데. 굳이 말하자면 웨이스데일 황국인가? 웨이스데일 황국의 첩자가 숨어들었나."

볼프스베데 황국 안에서 아델리느는 이미 없어서는 안 될 황비였다. 지크바르트는 고심하는 얼굴로 아델리느의 독살을 계획한 무리를 추측했다.

"웨이스데일 황국이 어째서 저를 죽이려는 건가요?"

지크바르트에게 져서 모다브 왕국에서 물러간 지금도 웨이스데일 황국은 가장 큰 영향력을 자랑하는 큰 나라였다.

"모다브와 나의 동맹을 파탄 내고 싶은 거겠지. 너는 동맹의 증거로서 내게 시집왔다."

아델리느로 인해 모다브 왕국과 볼프스베데 황국의 인연은 강해져서 모다브의 왕태자가 품었던 지크바르트에 대한 오해도 풀렸다. 이제 와서는 왕태자가 지크바르트의 잔학왕이라는 오명을 씻는 역할을 자청하고 나서고 있었다.

그렇기에 웨이스데일 제국은 밀월을 맞이한 모다브 왕국과 지크바르트를 갈라놓고 싶은 것이리라.

"……여, 역시 지크바르트에게 저는 동맹을 위한 짐이군요. 저따위는 조금도 사랑하지 않아요."

아델리느가 너무 서글픈 나머지 소리 높여 울자, 지크바르트는 마침내 큰소리를 쳤다.

"적당히 좀 해."

아델리느가 차가워 보여도 뜨거운 지크바르트의 입술에

서 듣고 싶었던 것은 그런 말이 아니었다. 한마디, 정말로 한마디라도 좋았다. 한마디라도 좋으니까 직접 말해 주었으면 했다.

"사랑한다고 거짓말이라도 좋으니까 말해줘요."

아델리느가 어리광부리듯이 말하자, 지크바르트는 몸을 사렸다.

"……사……사사사사사사……있어……."

지크바르트는 의미가 통하지 않는 말을 흘리며, 눈물을 떨구는 아델리느에게서 도망치려고 했다.

"사랑한다고 한마디면 되니까 말해줘요. 한 번이라도 말해주면 참을 테니까……. 거짓말이라도 좋아요……."

일찍이 없었던 좋지 않은 몸 상태 때문에 아델리느의 정신 상태는 불안정했다. 무의식중에 지크바르트에게 매달리고 말았다.

"……거, 거, 거짓말 따위……."

"……거짓말이라도 좋으니까, 말해줘요. 사랑한다고…… 거짓말이라도 좋아요……."

"……그, 그런 것보다, 한시라도 빨리 독을 넣은 범인을 찾아야만 한다. 그제 밤 일부터 자세히 말해."

지크바르트가 정신을 차리고 아델리느를 응시했을 때, 유모가 호쾌하게 웃으면서 다가왔다.

"……아, 이것 참, 아델리느 황비님, 제 훈육 방식이 안 좋았던 탓인지, 지크바르트 폐하께서는 말주변이 없고 부끄럼쟁이랍니다. 용서해 주시지요."

유모는 아델리느의 손을 잡고 천천히 일으켰다. 언제까지고 바닥에 주저앉아 있으면 몸에 좋지 않았다.

"……지크바르트가……. 지크바르트가……. 저는 이렇게나 좋아하는데……. 지크바르트는 저 따위는 조금도……."

아델리느가 격정을 고백하자 유모는 자애로 가득한 미소를 떠올렸다.

"그럼요, 알고말고요. 자알 알지요. 순수한 아델리느 황비님을 지크바르트 폐하께서도 깊이 사랑하신답니다. 그러니 아델리느 황비님께서는 지크바르트 폐하의 아기를 품으신 게죠."

유모의 말을 이해할 수 없었던 사람은 아델리느뿐만이 아니었다. 지크바르트는 생명 없는 병정 인형같이 굳었다.

커다란 창 너머 편에서 새가 지저귀는 소리가 들리고, 간신히 아델리느는 정신을 되돌렸다.

"……네?"

다시 한 번 말하라고, 아델리느는 밀하고 싶었지만 말 못한 채 유모를 향해 입을 뻐끔거렸다.

"아델리느 황비님, 그건 독을 드신 게 아니랍니다. 입덧인 게지요. 의사를 불러왔으니 진찰해 보도록 하시지요."

유모의 등 뒤에서 백발의 의사가 불쑥 고개를 내밀었다.

"……지크바르트의 아기? 지크바르트의 아기? 저는 독을 먹은 게 아니라 입덧이에요?"

아델리느가 얼떨떨한 표정으로 말하자 유모와 백발 머리 의사는 가볍게 끄덕였다. 지크바르트는 아직 굳어 있었다.

"지크바르트 폐하께서 아델리느 황비님께 독을 먹일 리가 없지 않겠습니까. 이렇게나 사랑하고 계시는데."

유모는 당연하다는 표정으로 지크바르트의 마음을 대변했다. 굳이 말하자면 유모도 말주변이 없는 데다 거짓말이나 입발림을 말할 타입이 아니었다.

"지크바르트, 저를 사랑하고 있나요?"

아델리느가 젖은 눈으로 확인하듯이 묻자, 유모는 연륜이 새겨진 손을 잘게 흔들었다.

"이것 참, 아델리느 황비님께서는 그런 것조차 깨닫지 못할 정도로 어리석은 여자인 겝니까? 모다브 왕가는 남편의 마음도 이해할 수 없는 거만한 여자를 보낸 겝니까? 아니겠지요?"

"지크바르트가 서투르고 말주변이 없다는 사실은 잘 알아요."

사랑한다는 말을 인사처럼 입에 담는 모다브 왕국의 귀공자를 보고 자란 만큼, 과묵한 지크바르트에게 위화감을 품기는 했다. 그렇기에 지크바르트의 입으로 듣고 싶었지만.

"그런 게지요. 아아, 빨리 의사에게 진찰받도록 하시지요."

백발의 의사가 재촉하자 아델리느는 황비의 침실로 들어 갔다. 유모는 아델리느를 따라갔지만 지크바르트는 꽁꽁 얼어붙은 채 꿈쩍도 하지 않았다.

마침내 아델리느의 회임이 확인되어 성 안이 환성으로 뒤덮여도 지크바르트의 혼은 돌아오지 않았다.

"처음으로 사랑하신 아내 분께서 임신하셨습니다. 무리 도 아닙니다. 너무나 기쁨이 큰 나머지, 지크바르트 폐하의 정신이 날아가 버리신 거겠지요."

줄곧 고락을 함께해 온 빅토르는 눈물을 글썽이며 목조 인형처럼 변한 지크바르트의 심정을 대변했다.

"아델리느 황비님, 우리 볼프스베데 황국에 찾아온 봄의 여신, 진심으로 감사드립니다……. 으윽…… 우우우우우 우우……."

크라셴 재상은 환희에 목이 멘 나머지 호흡 곤란을 일으 켰고, 너무 들뜬 나머지 계단에서 떨어진 젊은 병사가 속출 했다.

"축포를 올려라."

로데리히는 아직 아기가 태어나지도 않았는데 축포를 올 리려고 들어서 유모와 프랑소와즈가 말렸다.

즉시 모다브 국왕에게 보내는 파발마가 떠났다. 거성에

머물고 있던 모다브 왕국의 대사와 상인들의 기쁨도 보통이 아니라서, 볼프스베데 황국 안에 축하의 모다브 초콜릿과 모다브 레이스 손수건을 나누어 주었다.

아델리느는 입덧으로 괴로웠지만 행복해서 견딜 수가 없었다. 이 세상에 이런 행복이 있는 줄은 처음 알았다.

아델리느가 가만가만 손을 내밀자 지크바르트는 간신히 정신을 차린 모양이었다. 그가 귀를 기울이지 않으면 들리지 않을 목소리로 툭 말했다.

"사랑하고 있어."

아델리느의 눈에서 방울방울 눈물이 흐른 것은 말할 것도 없었다. 지크바르트에 대한 마음으로 벅차올라 입덧도 어딘가로 날아가 버렸다. 아델리느는 최고의 행복을 맛보며 지크바르트와 굳게 손을 맞잡았다.

『잔학왕과 철부지 공주의 결혼』끝

작가 후기

마리로즈문고에서는 두 번째로 책을 낸 모리야마 유키입니다. 『잔학왕과 철부지 공주의 결혼』을 읽어주셔서 고맙습니다. 진심으로 감사드립니다.

갑작스럽지만 다이아몬드가 가지고 싶습니다. 장독대에 얹어 놓아도 될 만큼 커다란 다이아몬드가 가지고 싶어요…… 라고는 말할 수 없습니다만. 귤 사이즈의 다이아몬드가 가지고 싶어요……. 아니요, 적당한 크기의 다이아몬드가 가지고 싶어요……. 삼 캐럿……. 이 경우, 일 캐럿이라도 좋아요……. 옐로 다이아몬드로……. 그런 생각이 몇 년이나 전부터 머릿속에 빙글빙글 돌아서, 다이아몬드를 찾아 머나먼 땅으로 여행을 떠나려고 했습니다.

물론 아직 제 꿈은 이루어지지 않은 채 망상을 불태우는 나날입니다.

제 손안에 다이아몬드는 없습니다만, 모다브 왕궁에는 산처럼 쌓여 있습니다. 아델리느에게는 최고의 다이아몬드를 사치스럽게 썼습니다.

다이아몬드에 비하면 그런대로 손에 닿을 듯합니다만, 정교한 레이스는 하나의 예술품입니다. 아델리느에게는 예쁜 레이스도 호화롭게 썼습니다.

다이아몬드에 레이스, 꿈같은 2종 세트입니다.

다이아몬드와 레이스뿐이었다면 로맨틱한 사랑 이야기가 되었을까요?

……로맨틱한 사랑 이야기를 목표로 했습니다만…….

그, 무어라 형용하기 어려운 이야기에 멋진 일러스트를 그려주신 아사히코 선생님께 진심으로 감사 인사를 드립니다. 고맙습니다.

이 작품의 발행에 애써주신 모든 분들께 진심으로 감사 인사 드립니다.

마지막으로 다시 한 번, 이 작품을 읽어주신 분들께 진심으로 감사 인사를 드립니다. 또 뵙게 되기를 바라지 않습니다.

모리야마 유키

역자 후기

역자 후기 페이지까지 넘겨주신 독자 여러분께 인사드립니다. 번역을 맡은 정우주입니다.

『잔학왕과 철부지 공주의 결혼』은 재미있게 읽으셨는지 모르겠네요.

보통 로맨스물 여주인공은 홀로 오해하고 고민하고 삽질하는 패턴이 흔한데……. 이번 이야기의 여주인공 아델리느는 너무나도 낙천적이고 마이페이스 성향이 강한 사차원 공주님이라 그런 부분이 거의 없었네요. 의심이 많고 무뚝뚝한 지크바르트 상대로는 이렇게 역경에 굴하지 않고 막무가내로 밀어붙이는 아델리느가 딱 제 짝이겠지요.

번역하면서 가장 고심하기도 했고 괴로웠던 부분은 음

식…… 일까요? 설정상 아델리느의 모국인 모다브 왕국은 다이아몬드와 레이스로도 유명하지만 미식의 나라. 초콜릿과 와플이 특산품이지만 그밖에 식생활에 대한 관심이 하늘을 찌르는지 식사 메뉴를 줄줄 꿰잖아요.

정작 회의 시간에 하라는 회의는 안 하고 음식이야기나 늘어놓는 모다브 사람들도 그렇고……. 다른 부분에서 그저 맹하면서 온갖 음식 이름은 술술 읊어대는 아델리느의 모습에 뒷골이……! 낯선 요리 찾아보면서 한밤중에 셀프 야식 테러를 당하는 마음은 괴롭습니다.

온갖 먹음직스러운 음식 이름이 줄지어 나오지만 당장 당기는 건 와플이네요. 아아, 와플 먹고 싶어요, 와플. 따끈따끈하게 갓 구운 와플 위에 생크림이라든가 과일이라든가 아이스크림을 얹어서!

그러고 보니 이 작품도 아델리느의 오라버니인 모다브 왕태자 알베르와 볼프스베데의 남장여자 귀족 아가씨의 사랑 이야기를 그린 뒷이야기가 있더군요. 그 이야기를 제가 맡을지 아닐지는 알 수 없지만, 관심 가시는 분은 그쪽도 읽어보시면 좋을 듯합니다.

언제가 기회가 되면 독자분과 또 뵙기를 바라며 이만 줄입니다.

정우주

⇒ 대한민국 e북포털 북큐브 ⇐

BOOKCUBE®
전 자 책 서 점

15만여 종의
전자책!

STORYCUBE
스 토 리 큐 브

1천 5백여 종의
연재작품!

BOOKCUBE®
전 자 책 도 서 관

500여개의
전자책도서관!

언제나 어디서나 PC/스마트 폰/태블릿 PC로
즐기는 스마트한 e-book 라이프!!

❝ 북큐브 내서재 앱만
설치하시면
북큐브 전자책을 무료로
이용하실 수 있습니다. ❞

QR코드를 스캔 하시면 북큐브 내서재 앱 설치 페이지로 이동 합니다.

북큐브 내서재(Android)

북큐브 내서재(iPhone)

북큐브 내서재 HD(ipad)

http://www.bookcube.com   http://m.bookcube.com